LES CIGALES EN HIVER

HÉLÈNE ROBITAILLE

Les cigales en hiver

nouvelles

L'inStant même

Maquette de la couverture : Anne-Marie Guérineau

Illustration de la couverture : Clara Grouazel, *Événement inaugural,* (détail), 2004, techniques mixtes sur toile de jute (152,5 × 91 cm) Nous remercions la Galerie d'Avignon pour son aimable collaboration.

Photocomposition : CompoMagny enr.

Distribution pour le Québec : Diffusion Dimedia
539, boulevard Lebeau
Montréal (Québec) H4N 1S2

Distribution pour la France : Distribution du Nouveau Monde

L'instant même
865, avenue Moncton
Québec (Québec) G1S 2Y4
info@instantmeme.com
www.instantmeme.com

Dépôt légal – Bibliothèque et Archives nationales du Québec, 2006

Catalogage avant publication de Bibliothèque et Archives Canada

Robitaille, Hélène, 1972-

    Les cigales en hiver

    ISBN 2-89502-226-7

    I. Titre.

PS8635.O268C53 2006   C843'.6   C2006-940382-1
PS9635.O268C53 2006

L'instant même remercie le Conseil des Arts du Canada, le gouvernement du Canada (Programme d'aide au développement de l'industrie de l'édition), le gouvernement du Québec (Programme de crédit d'impôt pour l'édition de livres – Gestion SODEC) et la Société de développement des entreprises culturelles du Québec.

À Gabrielle et Vincent

Vous chantiez ? J'en suis fort aise :
Eh bien ! dansez maintenant.

Jean de La Fontaine,
« La Cigale et la Fourmi ».

… lors […] m'éloignant de votre unité
suprême je me suis répandu dans la
multiplicité des créatures, et me suis
égaré en tant de routes perdues.

Saint Augustin,
Confessions.

Les bras de mon père

Nous avions un voisin, mon père et moi. Qui vivait seul et dont l'élégante manière d'approcher et d'observer mon corps d'enfant me révéla peu à peu que j'allais un jour me mettre à aimer les hommes. Moi qu'on ne remarquait guère. Aussi, béni soit-il d'avoir à l'occasion regardé lentement ma chair avec ses yeux doux. Des yeux bruns, bordés de longs cils pleureurs, que Daniel promenait et posait sur les choses meurtries qu'on abandonne au ras du sol. Cette tendresse qu'il avait dans les cils me faisait trembler. Mon père et moi appartenions aux choses brisées que Daniel aimait en ce bas monde.

J'avais jadis de beaux cheveux blonds : très longs, très doux. Traînant dans mon dos, ils avaient l'air de me caresser, à chacun de mes mouvements. Mais avant cet été-là de mes neuf ans, je ne m'en rendais pas compte. Je ne vivais qu'à l'intérieur de mes cheveux, à l'intérieur de mes yeux, très enfouie dans ma peau et mes replis. J'habitais les bas-fonds de mon âme, là où ne pouvaient m'atteindre ni mes cheveux, ni ma maigreur, ni le charme intrigant de toute ma carcasse à l'abandon, à la dérive.

Ce fut par un jour d'été brûlant que je les ai sentis s'entrechoquer pour la toute première fois, et dans un grand fracas : mon âme triste et mon corps dépeigné. Ce jour-là, on ne pouvait rêver d'eau fraîche ou de vent. On suffoquait, c'est tout. Mon père et moi revenions du marché, traînant nos lourds sacs blancs au bout de nos quatre bras. Nous grimpions l'escalier qui menait à notre appartement. Nos bras pendaient le long de nos côtes, sans cadence, sans désir : nos bras roux de père et fille.

J'avais là, devant moi, pesante et qui suintait en montant l'escalier, toute la façade arrière du corps graisseux de mon père. La sueur émergeait de ses flancs et mouillait sa vaste camisole. Soudain, j'ai vu glisser devant mon visage le pantalon de mon père et surgir ses deux fesses moites. Lunaires, molles, égarées. La sueur d'été coulant dessus et trouvant son chemin entre les petits poils. Je me suis approchée davantage. Oh ! mes origines charnues : comme la graisse vous rend humbles… J'observais, bouche ouverte en grimpant les marches, la moitié virile de la chair dont j'étais issue. C'était bien là, à ma triste portée. Cette grosse chair blanche et rose s'était lancée à l'assaut de la chair de ma mère, l'avait culbutée, mordue, retroussée, l'avait mouillée puis délaissée comme fait la mer au sable, puis reprise et redéchirée. Cette peau collante avait forcé la peau de ma mère – mais où est-elle donc, ma mère ? –, avait forcé la peau de ma mère à obtempérer, à dire oui jusqu'à ce qu'elle m'engendre. Ensuite, des bas-fonds de ma mère j'ai surgi, et depuis lors je chemine en ce bas monde.

Ainsi pensais-je en marchant derrière les fesses de mon père. Ses fesses libres de toute contrainte, flottantes dans l'immonde chaleur de nos étés sans air. Nos étés pauvres, gaspillés, dilapidés, tués dans les taudis souillés, rouillés, maudits que nous habitions mon père et moi, naguère, quand j'étais enfant et qu'il me traînait encore dans son sillage. Mon père qui, certains jours, oubliait jusqu'à son propre sillage.

Derrière le corps de mon père qui montait l'escalier, j'ai saisi pour la première fois de ma vie – et ce fut bref et lumineux au point de me donner un grand vertige – combien j'étais toute petite et sur le point de disparaître, à moins que quelqu'un ne survienne et ne s'empare bientôt violemment de moi.

C'est alors que Daniel a ouvert brusquement la porte de la cage d'escalier et s'est mis à monter les marches en sifflotant. Mon cœur s'est serré. Arrivé près de moi, il s'est emparé violemment d'une grosse touffe de mes cheveux et l'a tirée très fort, vers le sol.

« Ahh…, fis-je entendre tout bas.

– Ahhhhh ! tonna-t-il en même temps, à l'adresse de mon père. Mais peignez-la donc, votre fille, bon à rien ! Elle a l'air d'un singe, d'une harpie ! Bon sang ! »

Il nous a dépassés dans l'escalier. Il a bousculé mon gros père. Il ne s'est même pas retourné pour me faire un clin d'œil ou me jeter n'importe quel regard. Il a grimpé les trois étages avec sa belle fougue de Sauvage. On l'a entendu ouvrir sa porte, juste en face de la nôtre. Puis il l'a claquée, dans un grand bruit clair et élégant, sans bavure, sans remords.

Après un long silence, mon père a repris son pas, sa charge, et poursuivi la pénible ascension de sa graisse. Comme il devait avoir chaud, le pauvre homme, plus chaud que moi qui n'étais qu'un paquet d'os, qu'un singe.

Une fois chez nous, je suis allée à la salle de bains tremper une débarbouillette dans l'eau froide pour calmer ma tignasse qui geignait. J'ai entendu mon père jouer un peu avec le poste de radio, s'asseoir dans la cuisine et ouvrir une cannette. Il la méritait bien. Tant de sueur et de chaleur : tous les hommes de la terre méritent de s'arrêter pour boire de la bière ou du gin. D'autant que nous n'étions pas riches, que ma mère était partie et que mon père engraissait sans aucun ami qui le console, les jours d'ennui.

Sauf Daniel, ça va de soi, qui aimait bien à l'occasion entrer chez nous avec panache, une bouteille de whisky sous le bras, et dire à mon père de sa voix chaude : « À table, mon ami, j'ai soif ! » Mon père se levait pour prendre dans l'armoire deux verres qu'il déposait devant Daniel. Et lui, de sa main brune et fine, débouchait le flacon. J'aimais que quelqu'un dise à mon père, qui n'était pourtant qu'un ivrogne : « Mon ami, versez à boire car j'ai soif. » J'aimais que Daniel dise « mon ami » en regardant mon père. Je n'ai jamais vu que les tristes, comme Daniel, qui cheminent ici-bas sans juger ni les ivrognes, ni les bons à rien, ni même les casseurs de figure. Et ce sont encore les tristes qui savent que l'humour se situe juste là où commence la tristesse, juste là où les larmes vont surgir. C'est bien pour ça, d'ailleurs, qu'ils peuvent dire « bon à rien » puis « versez à boire mon ami, j'ai soif » d'un même souffle, comme si c'était la même chose.

Avec ma débarbouillette collée sur le crâne, je suis allée ouvrir la fenêtre de ma chambre et j'ai approché une chaise d'enfant. Je me suis assise et j'ai laissé le brouhaha de la rue détendre un peu le nœud qui serrait fort ma gorge de singe. Tout à coup, j'ai entendu crier les goélands.

Vers le milieu de l'après-midi, ils revenaient toujours en troupeau vorace se nourrir des restes de repas que jetaient sur le trottoir, dans de grandes poubelles ouvertes, les gens du casse-croûte au rez-de-chaussée de notre immeuble. J'ai tendu ma tête au dehors, à l'air libre, pour suivre leur grand vol paresseux. Ils étaient des dizaines à se battre et à crier près des poubelles. Quand l'un d'eux passait près de ma fenêtre, je surprenais son étrange œil jaune : dans l'œil d'aucun d'eux, jamais je n'ai saisi la moindre lueur bienveillante. Et pourtant, rien dans leur regard ne me déplaisait trop non plus. Qu'est-ce que c'était, cet œil pointu, sans douceur, aux aguets ? Je m'interrogeais souvent.

Mon père détestait les goélands. Comme tous les gens de notre ville, d'une manière générale, qui auraient préféré les voir s'en retourner habiter les rivages marins et sauvages, plutôt que d'accompagner nos alentours de briques. Les gens murmurent contre les goélands : c'est une vieille habitude de chez nous. Daniel méprisait profondément ce murmure. Il s'élevait contre cette manie, « ce faux pli » disait-il, et appelait « foutaise » notre haine des goélands. Il soutenait que nous piétinions par nos injures un endroit dans notre cœur très très épris des goélands. « Oh ! Fichus goélands, sales bêtes, maudits goélands ! » et ainsi de suite chaque jour : notre amour silencieux en perdait ses plumes et sa confiance, il finissait par s'effriter et s'oublier lui-même. Ce qui faisait qu'à la longue, des gens comme mon père pouvaient se permettre en toute bonne conscience de lancer des pierres aux grands oiseaux surpris.

« Mais quelqu'un d'un peu poète comme moi, disait Daniel en s'allumant une cigarette et l'œil narquois, voit plus clair là-dedans que vous tous, tas de chers voyous. Moi je vois ce que vous ne voyez pas ! Je fouille dans le fouillis de vos cœurs fragiles et j'en reviens avec des morceaux de votre enfance, alors que vous aimiez ardemment les goélands gris qui criaient dans le ciel. Heureusement qu'il y a des gens comme moi qui habitent près de chez vous et qui acceptent de plonger à deux mains dans vos vieux cœurs boueux, sinon ce serait la fin de l'humanité. » Et il nous regardait de haut, en bombant le torse. « La fin de l'humanité ! Comprends-tu, Noisette ? » Il m'appelait Noisette la plupart du temps, mais je n'ai jamais compris pourquoi. « Comprends-tu ? – Non ! » lui avais-je répondu cette fois-là, tant il était vrai que je ne comprenais rien à ce qu'il racontait sur nos cœurs de boue et sur la fin de l'humanité.

« Non ! » ai-je crié encore au souvenir de ses grands yeux plongés dans les miens, au souvenir aussi de ma tignasse qu'il venait presque d'arracher dans l'escalier. J'avais envie de faire comme mon père et de lancer des pierres par ma fenêtre. Depuis quelques minutes, un goéland marchait plein d'arrogance sur le parvis de l'église, de l'autre côté de la rue. Il se pavanait comme un gros homme abruti, l'air de n'être touché par rien ni personne. J'ai attrapé une toupie de métal, posée sur une de mes tablettes, et je m'apprêtais à la lancer dans les yeux du goéland. Mais une main chaude a retenu mon bras, puis une autre, tout aussi ferme, m'a giflée. « Qu'est-ce qui te prend ? » m'a dit Daniel d'une voix dure. Il a ramassé ma débarbouillette et l'a collée sur ma joue.

Je ne l'avais pas entendu entrer. Il faisait toujours cela : me surprendre quand j'étais seule. Il est allé s'asseoir sur mon lit, m'entraînant près de lui. J'étais là, debout, j'avais envie qu'il me dise pourquoi il m'avait tiré les cheveux dans l'escalier. Mais au lieu de m'étreindre comme je l'aurais voulu, il agrippait mon bras et me tenait à distance, en n'arrêtant pas de me regarder. Il m'a scrutée comme ça de longues secondes, dans la pénombre de ma chambre, parmi le cri des goélands. Il y avait de l'émoi partout dans son corps d'Indien, je m'en souviens, et un grand entêtement dans son âme à vouloir bien saisir mes traits maigres et négligés. C'est là que j'ai commencé à comprendre un peu la poésie. Elle était un regard de feu, comme celui de Daniel, posé sur les choses qui s'effritent – et c'était moi qui m'effritais. Un long regard posé sur les choses innommées, négligées. Et ce regard avait l'air de me demander de ne pas mourir, et même de renaître de toutes mes petites cendres, de chacun de mes os.

16

Je me suis mise à trembler sans pouvoir m'arrêter, et Daniel a enfin voulu me prendre dans ses bras. Il m'a dit : « Viens un peu ici » en m'attirant à lui et en appuyant une main dans mon dos pour que je me blottisse entre ses bras chauds. Qui donc avait fait cela avant lui, me prendre dans ses bras ? Personne, personne : ce n'était qu'une grande absence partout, passé les bras de Daniel.

« Demain, c'est l'anniversaire de ton père, m'a-t-il dit.

– Ah...

– Nous allons lui offrir un cadeau.

– Ah...

– Eh oui, c'est ce qu'il faut faire : lui offrir des cadeaux. »

Nous l'entendions rire, mon père, parce qu'à la radio son émission préférée venait juste de commencer. De sa voix grasse, il riait comme un enfant : sans s'interrompre, sans retenue, la tête vidée de tout ce qui aurait pu amoindrir ou suspendre ce grand bonheur de rire aux éclats. Je ne me rappelais jamais la date de son anniversaire. Il est certain que nous avions dû l'oublier quelquefois, depuis ma naissance. Lui et moi, nous avions dû fréquemment passer outre au jour de juillet où il était né, dans je ne sais quelle chambre, de je ne sais quelle mère. Passer outre au jour où mon père a décidé de venir faire son tour et son nid sur la terre, en commençant par n'être qu'un gros petit garçon. Demain, j'allais offrir un cadeau à mon père pour la toute première fois.

« Nous lui offrirons des lucioles. J'irai en attraper quelques-unes à la campagne, ce soir.

– Où ça ?

– Dans un champ, chez des amis. Viens frapper chez moi demain, après le souper. Je te montrerai le gâteau et les lucioles. Nous éteindrons les lumières et nous les regarderons briller dans le bocal de verre où je les aurai mises. Puis nous irons voir ton père. »

Et il a attendu, le temps que j'enfile ma robe de nuit. Il m'a recouverte d'un mince drap de coton. Il s'est penché et m'a embrassé la joue. Puis il a caressé longtemps mes cheveux, jusqu'à ce que je m'endorme. Et j'ai dormi si profondément que j'ai failli mourir. Ce qui veut dire que j'ai dormi cette nuit-là au cœur même de mon âme, là où mon âme est la plus noire, la plus calme et la plus lointaine, là où l'on n'entend plus, sinon à peine, le bruit que font les hommes sur la terre. C'est un endroit plein de secrets où l'on n'est pas giflé, pas caressé non plus, ni embrassé ni négligé. J'aurais pu dormir là-bas plus de mille ans. Ou simplement mourir, bien avant que ne s'écoulent les mille ans.

Le lendemain, je n'ai eu envie de voir personne avant le soir. Je ne suis pas sortie de ma chambre, j'ai laissé filer le temps. C'est le retour des goélands, fidèles à leurs ordures, qui m'a chassée hors de mon lit. J'ai marché pieds nus dans notre maison. Sur le plancher roulaient la poussière et toutes sortes de graines, de miettes. Il n'y avait pas beaucoup de lumière, sauf dans la cuisine où je me dirigeais. Les rideaux de gros coton, détachés, pendaient lourdement aux fenêtres pour empêcher la chaleur d'entrer et de nous prendre à la gorge. Mais il faisait encore plus chaud que la veille et ma chemise de nuit collait, toute mouillée sur mon corps. Je pensais être fin seule : rien que moi qui marche en silence dans mon royaume noir, mon taudis d'enfance.

Mais en passant devant sa chambre, j'ai entendu ronfler mon père. J'ai ouvert la porte un brin et je l'ai regardé dormir quelques instants. Il était étendu sur le ventre, les bras en croix. Un drap de flanelle le couvrait, mince comme une toile d'araignée. Un drap qui allait bientôt rendre l'âme. Très certainement, mon père ne devait pas songer à sa naissance : il l'oubliait en ronflant et c'était très bien ainsi, c'était la bonne chose à faire. Parce que la naissance n'arrête pas d'être inquiétante tout au long de la vie, et douloureuse même, pour ceux qui sont malheureux et qui n'ont pas beaucoup de chance. Il faut vraiment être nanti d'une grande force pour vivre en chargeant ses épaules d'une telle inquiétude et sans ronfler. Au moins les ronflements permettent aux faibles d'engourdir le tourment d'être au monde et la honte d'y être inutiles. J'aime les hommes forts, qui habitent leur inutilité avec panache, mais j'aime les faibles aussi, je les ai toujours aimés. J'aurais voulu que mon père ne se réveille jamais, et qu'il puisse se reposer infiniment, oublier.

J'ai fini par le laisser là, et je suis allée dans la cuisine. J'ai vu par la fenêtre tomber tout d'un coup sur moi l'immense soleil rouge de la fin du jour. C'était très beau, et je vais me souvenir jusqu'au cimetière de cette lumière chaude qui m'a enveloppée, moi seule, et qui a envoyé mourir dans l'ombre le reste de la pièce et du monde. Il n'y avait plus que moi, pleine de soleil, qui m'avançais vers la fenêtre et vers les bouteilles d'alcool vides qu'on avait posées sur le rebord. La lumière traversait les bouteilles bleues, vertes et brunes, et je voyais le soleil couchant colorer ma poitrine et m'inonder de la grande chaleur de l'alcool.

Je rêvais à l'alcool depuis des années. Ma toute première mémoire d'enfant se rappelle les bouteilles que vidait mon père et qui l'emmenaient loin de moi sans qu'il ait à se lever, sans qu'il ait à prendre son baluchon et à me quitter. L'alcool lui faisait faire de beaux voyages. J'ignorais où il allait, bien sûr, mais je n'ai guère mis de temps à comprendre qu'il n'aimait pas en revenir. C'est de là, je pense, qu'est née mon envie de partir en voyage et de ne pas revenir. Je suis la fille de mon père.

Nous avons cela tous les deux : l'envie des adieux, l'envie de partir pour toujours. Et nous avons aussi cela : de n'être jamais partis nulle part. Un grand désir inaccompli de voyage. Nous étions des gens inaccomplis. Deux grands rêveurs. Un père et une fille immobiles, au regard rêveur et doux. Béni soit l'alcool, qui a fait voyager mon père soir après soir. La liqueur coulait dans les verres, et mon père s'enivrait. Il ne fallait pas que je l'attende, malgré mes envies, parfois, de ne pas rester seule. L'alcool m'apprenait à ne pas attendre du tout mon père.

Les taches de lumière venues des bouteilles grossissaient à mesure qu'allait lentement se coucher le soleil à l'horizon, dans les vieilles montagnes basses. Et les couleurs de la vitre, jetées pêle-mêle sur moi, me transformaient en vitrail. Je brillais comme un lampion qu'on vient d'allumer et dont la petite flamme vacille encore avant de se tenir droite. J'étais bien, là, seule avec la lumière, aussi bien que dans une église.

« Tu veux en boire un peu ? »

Daniel me regardait, appuyé contre un mur. Je ne savais pas depuis combien de temps il se tenait là. Il était plein d'ombre. Il laissait pendre près de sa hanche l'un de ses bras. À ses pieds, il avait déposé un bocal de verre et un gâteau décoré de cerises et d'écorces de chocolat.

« Oui, je veux bien. »

Il a ouvert l'armoire de mon père et choisi une bouteille qui avait la teinte du sirop d'érable. Il nous a versé la belle liqueur blanche dans deux verres qu'il a remplis jusqu'au bord. Puis il est venu me rejoindre dans mon carré de lumière d'où je ne voulais pas bouger.

« À la tienne. »

Et il a fait tinter son verre contre le mien. Nous avons bu lentement. Il buvait en caressant mes cheveux. Ce qu'il m'avait

offert me réchauffait le cœur, comme si jusque-là mon gros
cœur avait toujours été glacé.

« Où es-tu allé chercher les lucioles ?

– Dans un champ.

– Le champ de qui ?

– D'une amie. »

Un soir, quelques semaines auparavant, guère plus, au
début de l'été, je m'étais assise dans l'embrasure de notre
porte d'entrée pour bien voir ce qui se passait chez Daniel : il
recevait ses amis. Cela arrivait assez souvent que deux ou trois
d'entre eux viennent lui rendre visite et s'installent à la table
avec lui pour partager un repas. Mais ce soir-là, ils étaient une
douzaine au moins. Des gens aux cheveux longs, aux yeux très
tendres. Autant d'hommes que de jeunes femmes. Ils avaient
apporté des guitares, des flûtes traversières, des flûtes de pan.
Leurs cigarettes sentaient l'herbe fauchée puis surprise par la
pluie, dans les champs. Après le repas, ils s'étaient assis par
terre au salon. J'en voyais qui se tenaient la main, d'autres qui
appuyaient leur tête au creux d'une épaule. Daniel m'avait fait
signe d'approcher. J'étais entrée, timide dans mes chairs. En
m'apercevant, une très belle femme aux joues rondes, aux yeux
noirs et aux lourds cheveux bruns m'avait tendu la main, et
j'étais allée m'enfouir entre ses bras sans rien dire, pas même
un petit mot.

Dessous sa fine chemise, ses seins étaient libres, je m'en
rendais compte, et j'avais appuyé ma tête entre eux. Parfois, je
tournais doucement mon visage pour que mes yeux se reposent
là, sur un sein. En face de nous, il y avait Daniel, qui me
regardait de temps en temps, mais qui surtout s'attardait sur
elle, avec un air que je ne lui connaissais pas. Il regardait son
corps, morceau par morceau, il s'attardait dans les courbes, il
s'attardait dans les yeux. Il aimait qu'elle baisse les yeux, mais

pas trop longtemps. Et si c'était trop long, il l'appelait par son nom, Marie, et elle relevait la tête. Quand elle riait, je le voyais se détendre et devenir heureux. Je m'étais endormie là.

C'est le lendemain matin que je m'étais montrée trop curieuse. Je n'avais pas aimé me réveiller seule dans mon lit. J'étais tout de suite allée chez Daniel. J'avais ouvert la porte, j'avais trottiné vers sa chambre. Mais je n'étais pas entrée. Debout contre le mur, il y avait Marie avec ses beaux seins nus. Elle se laissait regarder par Daniel en souriant. Ses joues étaient rouge sang. Je ne voulais pas qu'on me voie, alors je m'étais recroquevillée, j'avais attendu. Il s'était approché d'elle enfin et avait pétri les seins de son amie. Il les broyait entre ses mains, il les pressait trop fort, elle avait mal, mais il n'allait pas s'arrêter, je m'en rendais compte, et il souriait à Marie comme pour la remercier d'avoir mal et de lui offrir ses seins. J'en avais eu assez subitement et j'étais repartie chez nous la tête basse.

« Le champ de Marie ? Tu as attrapé les lucioles dans le champ de Marie ?

– Oui. Va réveiller ton père. »

Et je suis allée le réveiller. « Papa ? » J'ai approché mon corps malingre de son corps endormi. Les larmes sont venues piquer mes yeux, j'en ai été très surprise. J'ai eu envie de coller ma joue sur la sienne en pleurant. Mais je n'ai pas osé. J'ai serré mes petites mains l'une dans l'autre en me mordant les joues et je lui ai dit à l'oreille, encore, « papa », mais d'un ton triste, presque suppliant, pour qu'il ne reste pas dans son lit toute la nuit, sans moi.

Il a ouvert les yeux et m'a regardée. Il avait l'air égaré, l'air d'un vieux qui va bientôt mourir. Je n'étais pas celle que mon père attendait. Ce n'était pas moi qu'il s'était imaginé pouvoir enfin rejoindre au bout de son sommeil. Je devinais ces choses en jaugeant les yeux déçus de mon père, déçus et étonnés d'encore une fois me découvrir sur son chemin. « Daniel est dans la cuisine », ai-je murmuré. Puis je l'ai laissé derrière moi se réveiller doucement, dans la paix d'une chambre que la lumière du jour vient juste de quitter.

Daniel avait planté des feux de Bengale dans son gâteau. Il attendait mon père pour les embraser. Dans leur bocal de verre déposé sur la table, les lucioles commençaient à s'allumer comme de petites torches, à tour de rôle. Tout s'assombrissait autour d'elles. Les armoires, les murs, les meubles changeaient d'aspect à mesure que la nuit entrait chez nous. Je me suis mise à penser à la nuit, à sa manière de protéger la laideur en la cachant un peu, en la noyant d'ombre. Notre vieille cuisine perdait ses allures grossières, ses couleurs salies, et ne nous montrait plus que de fins contours secrets, négligés par le jour. J'ai demandé un autre verre d'alcool, et Daniel m'a versé à boire comme si j'étais un homme, un flibustier, un ivrogne. Je l'ai vidé d'un coup sec. J'avais envie d'avoir très chaud, envie que mon cœur se brise en éclatant et que ma mauvaise vie prenne fin comme ça, près de Daniel, dans ma cuisine, le cœur rempli d'alcool.

Soudain, nous avons vu mon père. Il s'approchait lentement. Il portait des pantoufles et s'était couvert d'une vieille robe de chambre en satin, bleu clair. Ses rares cheveux gris blond étaient encore mouillés par l'étrange moiteur du sommeil et collaient à son crâne, comme ceux des jeunes enfants. Il avait l'air surpris que nous soyons là, silencieux dans la pénombre, un verre à la main. Il regardait le gâteau qu'on allait bientôt allumer. Puis les lucioles se sont remises à briller, et mon père s'est pris à suivre le jeu des petites lumières qui dansaient dans le bocal. Il est resté là longtemps, semblant nous oublier, replongé dans j'ignore quel champ sauvage de son enfance.

Daniel s'est avancé pour lui serrer la main et lui offrir à boire. Ensuite il a embrasé les feux de Bengale avec son briquet. « Joyeux anniversaire, Antoine », et mon père a souri. « Faites un vœu avant que ça ne s'éteigne. » J'ai vu Antoine tirer à lui une chaise et s'asseoir devant le gâteau, pour écouter crépiter les flammèches. Il avait fermé ses yeux, sa tête penchait sur une épaule. Je me suis approchée de lui, j'ai déposé mes mains blanches sur la table et j'ai regardé flamboyer le gâteau. Il m'arrivait de ne pas dépenser en bonbons les quelques sous blancs qui me restaient parfois au fond des poches. Je les gardais dans un tiroir pour m'acheter des feux de Bengale. J'attendais d'être seule et je les allumais, un par un. À chaque bâtonnet qui prenait vie, j'avais le corps tout trépignant de joie. La lumière, le crépitement, les flammèches : c'était pour moi seule que brûlait le feu de Bengale, pour mes grands yeux bleus et mon âme éblouie.

Daniel enlevait les tiges noircies et tranchait le gâteau. Je regardais mon père.

« Prenez-la donc un peu dans vos bras, c'est ce qu'elle vous demande avec ses grands yeux. »

Mais Daniel se trompait sur mon compte, ce soir-là. Très intimement, je ne demandais rien de tel à mon père. Dans mes grands yeux ouverts sur lui, s'il restait quelque chose, ce devait être les vestiges d'un ancien désir d'être prise et serrée fort dans ses bras. Un désir brisé depuis des années déjà et qui, par la suite, s'était émoussé puis égaré. On m'aurait raconté l'histoire d'un ardent désir, passionné, qui d'un seul coup se brise et le lendemain renaît plus fort, et je l'aurais crue. Mais les désirs perdus, abandonnés derrière ma petite épaule lasse, il me semblait impossible d'imaginer qu'un jour je les retrouve sur mon chemin. Ils s'en allaient ailleurs, mourir très loin de moi.

J'ai vu mon père m'adresser un petit signe maladroit. Il voulait que je m'avance vers lui. « Viens ici, ma petite fille », avait-il l'air de me dire avec ses gros doigts mous. Je me suis avancée. J'ai grimpé sur les genoux de mon père et j'ai enfoui ma petite tête quelque part dans ses chairs. Je suis restée là.

« Regardez comme elle est bien entre vos bras. Elle ronronne. »

Mais pas du tout, non. Je ne ronronnais pas. J'étais fatiguée, presque sans vie. Dans notre cuisine noire où scintillaient les lucioles, je ne voyais plus que les bras de mon père tombant sur mes os. Et cela me causait un épuisant chagrin.

Mon aveugle

Je viens de croiser un aveugle. J'ai buté contre sa canne pour choir ensuite avec fracas sur la terre détrempée. Je portais dans mes bras d'épinette un paquet contenant une gracile ballerine chinoise en porcelaine. Ainsi meurent les bibelots. J'ai relevé mon grand corps décharné, maculé de boue, et j'ai toisé l'infirme qui avait cassé ma pauvre ballerine – je l'ai perdue à jamais, et quelque chose de mon enfance s'éloigne, je le sens.

Hier je divaguais dans la ville. Je n'avais rien à faire d'autre que de projeter mon attention hors de moi. Alors je suivais les gens, surtout les Chinois.

Car avec eux, jamais d'injures ni de mépris lorsqu'ils découvrent mon manège. Bizarrement, il n'y a même pas de leur part un haussement d'épaules – du moins chez les hommes, et c'est d'eux, généralement, que je me fais le chihuahua fidèle. Un haussement d'épaules qui servirait, par exemple, à montrer aux autres passants que je leur suis inconnue, étrangère. Et qu'on peut en toute bonne conscience continuer son chemin en m'abandonnant à mon mauvais sort. Quand même, les Chinois ouvrent un instant du mieux qu'ils le peuvent leurs yeux de goélands en m'apercevant sur leurs talons : j'ai partagé comme ça des milliers de secondes de malaise avec eux.

Par contre, ce n'est pas moi qui les épierais encore de seuil en seuil, une fois qu'ils ont regagné leur maison. Ce que je partage avec eux, dans la rue, c'est leur cadence de passants : cela, d'être de simples passants, les hommes de tout poil le partagent avec moi.

Hier donc, après que d'un regard agrandi un Chinois m'eut interdit de le suivre plus longtemps sur le chemin de sa vie, l'idée m'est venue de regarder à ma gauche. S'y dressait, faussement givrée, la vitrine d'un magasin crasseux et encombré. Parmi le méli-mélo d'objets entassés, parmi les choses sales, j'ai vu cette ballerine au tutu rose en train de me faire une longue arabesque : quelle constance, me suis-je dit, quel engagement du corps et même de l'âme dans ce curieux mouvement qui ne sert à rien. Je suis entrée dans la boutique chinoise pour vider mes poches et m'offrir l'inutile danseuse délavée. Qui m'avait plu, qui s'était mise à m'aimer.

« Es-tu jolie fille, toi ? Dis-moi. »

L'aveugle parle. En lui disant que je suis belle, je pourrais teinter la vie de cet homme sans yeux d'extraordinaires visions qui l'accompagneront ce soir, quand il ira dormir seul, tenant à deux mains son petit oiseau avec au cœur une joie nouvelle. « Oh l'aveugle, je suis très belle ! » Il sourit d'aise. Ses jambes s'écartent lentement et sa main court à l'intérieur d'une cuisse. Mais aussitôt je lui dis : « Cher aveugle, non, je suis très laide. En vérité, je suis couverte de poils et de verrues. Mon crâne ruisselle de gales et de pustules humides qui crèvent puis se reforment inlassables, au fil des saisons. Mes dents pourrissent et vacillent, mon nez tordu est rempli de crevasses et de veines rouges. » Mon aveugle referme un peu ses cuisses et je conclus : « Mais !... mystère ou grâce... mes yeux sont d'un bleu profond et magnifique... » On dirait qu'il me regarde avec dégoût. Je le comprends un peu : comment se fier à tout ce que je raconte ?

Les conversations sur les bancs de parc sont plutôt exigeantes. Elles me trompent. Au départ, je m'imagine que leur caractère impersonnel me préservera d'une trop grande fraternité avec l'inconnu assis accidentellement à mes côtés. Que je dise n'importe quoi, mensonge ou vérité, à celui qui gît le long de mes flancs, qu'est-ce que ça peut changer ? Or ça change tout. Chaque fois, ça change tout. L'envie de fraterniser avec un bout d'homme finit toujours par dramatiquement triompher en moi.

Comment m'y prendre pour cesser d'avoir honte et de m'attacher aux passants ? Quelqu'un me prendra-t-il un jour sous son aile chaude ? Ainsi je pense, toute souillée, assise auprès d'un homme qui ne verra jamais mes grands yeux bleus, si chargés de tendresse pourtant qu'il aurait pu recommencer sa vie près d'eux.

Cet aveugle est étrange. Il n'ajoute rien, il a même cessé de renifler. Il va peut-être m'oublier. Qui sait ? Des larmes me montent aux yeux. Je lui jette un coup d'œil : je ne veux pas faire l'amour avec lui, je veux juste parler un peu. Mais il se retourne vers moi en ouvrant la bouche : « Veux-tu qu'on couche ensemble ? »

C'est ce qu'il me lance entre ses dents jaunes, et voilà que je retrouve cette impression de déjà-vu : car j'offre souvent mon corps à un homme déchu dans quelque coin secret de la ville. Au moins une fois par saison. Misère des miséreux. N'enfonce pas durement ton petit sexe au fond du mien, toi le loqueteux, toi mon petit père, comme ils disent chez les Russes. Tu es mon ange aujourd'hui, mon frère de grisaille. J'aime mieux que nous restions tendrement l'un près de l'autre sur notre banc de parc. Je m'approche un peu pour caresser ses cheveux. « Hé ! Qu'est-ce que tu fais là ? » Je ne fais rien de bien grave, laissez-vous donc faire. Comme ça… et je continue. « Fermez vos yeux blancs, de grâce. » C'est ma seule demande. Il obéit. Ma mère, je m'en souviens, avait des cheveux comme les siens. Ce sont des cheveux d'enfant, très très doux en dépit de la crasse qui les recouvre.

Petit père aux yeux tristes, avec quelle sorte de mauvaise glaise avons-nous été pétris, toi et moi ? Où irons-nous mourir et, d'ici là, à quoi passerons-nous tout ce temps de la vie, nous, ses extrêmes voyageurs ?

« J'ai une chambre pas loin d'ici. – Moi aussi », lui dis-je de ma voix chagrinée. Il parle encore, insiste : « Il y a un bon lit dedans, on est bien. » Et un autre coup, vlan, porté à mon espoir de voir un jour le monde s'élever un peu, malgré toutes ses bassesses : qu'il émerge d'entre elles, le temps d'une petite joie !

Je ne connais rien de plus mystérieux que la joie. Elle est infiniment plus déroutante que le bonheur, en ce sens qu'elle n'est pas tenue de durer. Ce qui fait qu'elle advient parfois au hasard, comme un voleur ou un baiser d'ami. Je dis *parfois,* mais je sais quel étrange pouvoir j'ai d'accroître la fréquence de ses avènements dans ma sombre vie. Il suffit qu'un matin je me lève, accompagnée de cette grande pensée de la joie, pour qu'elle se mette en branle et risque de me surprendre à chacun des coins de rues où, la veille encore, je n'avais perçu que ma poisseuse futilité.

Je me dis souvent : tu es sans attache, petit vent, tu es libre… qu'une grande étoile se lève au ciel et tu pourrais, toi, marcher dans son sillage, dans la poussière d'or qu'elle répand sur la terre ; tu pourrais la suivre, toi la pauvre, toi que la joie a choisi de bénir en secret.

Comme je reste un peu silencieuse, mon aveugle se lève. Il s'apprête à m'oublier. Alors je me redresse et laisse surgir mes larmes les plus inquiètes : « Mais tu ne m'as même pas prise dans tes bras ! Tu n'as pas enfoncé tes ongles noirs dans ma peau d'ange ! Si tu ne fais pas ça, je vais me sentir moins que rien à présent, je vais avoir envie de mourir. Ne t'en va pas, je t'en prie, conduis-moi chez toi ! »

Oh ! vaste vie mystérieuse... cet aveugle s'est arrêté au milieu du parc, il a déployé ses muscles avachis, il a pris soudain l'ampleur d'un roi. Quelque chose de ma supplique l'a touché. J'ai fait sa conquête par ma seule tristesse d'âme. Je suis devenue la suzeraine de chacun des souvenirs qui s'éveillent en lui, venus d'une époque lointaine où il riait au milieu des fleurs, suivi d'une cour amoureuse qui veillait sur ses premiers pas. L'aveugle a tendu sa vieille main dans l'espace : elle était là, flottante, attendant mon visage. Quand elle l'eut trouvé, les yeux blancs s'emplirent d'une larme. Je sais qu'il ne me laissera pas choir derrière lui : nous marchons vers son royaume noir. Mais je prie pour que nous marchions toujours, sans jamais arriver.

Il s'est mis à chercher mes seins à tâtons sitôt que nous sommes entrés dans la chambre : peine perdue, première illusion dissoute. Il est vrai que je suis restée très enfantine. Je l'ai senti brusquement plus hargneux envers moi. Le roi est mort. « Fausse femme », a-t-il l'air de dire à présent, tout en me dévêtant avec rudesse. Je le sens qui va bientôt scruter des doigts ma petite citerne sèche, en retrousser et déchirer les bords pour chercher l'eau qu'elle a perdue. Depuis quelques années, il est vrai, toutes les mers intérieures de toutes les couleurs et odeurs m'ont quittée, et ce désert qui monte en moi me navre. « Fausse vivante », pourra-t-il alors me dire. Que suis-je donc venue chercher auprès de lui ? Je m'agrippe brutalement à ses épaules et j'enfouis mon visage dans sa toison noire et nauséabonde, car je sens une bouffée d'effroi à l'idée qu'il puisse ne pas me prendre. À l'idée qu'on puisse m'abandonner encore. Qui donc jadis m'abandonna si fort ?

Mon aveugle m'éloigne soudain de lui et m'oblige à demeurer là, au milieu de son lit. Je ne me suis jamais sentie si seule. Il secoue rageusement sa petite queue en sautillant, tantôt sur sa jambe droite, tantôt sur sa jambe gauche : c'est vraiment un très petit homme, trapu, avec des genoux tellement noueux qu'ils font penser à de vieux ananas. Il vient d'atteindre ce qu'il attendait et se jette précipitamment sur moi en me relevant sur mes quatre pattes, puis en me prenant comme si j'étais un homme, ce qui bêtement ne m'était encore jamais arrivé. Il s'abstient de frôler mon doux jardin qui se meurt.

Mais dont l'agonie est lente ! Ainsi, tandis que s'accélère le tempo de ma rencontre avec cet aveugle, j'entends la tendre complainte voilée de mon jardin qui voudrait que je l'inonde (mais je ne sais plus comment), qui voudrait retrouver le goût du sang, mêlé au goût de la sève, mêlé au goût de l'eau, mêlé au goût du sel… « Ahhh ! » dit l'aveugle une dernière fois, en m'allongeant auprès de lui dans un troublant esprit de tendresse. En me retenant contre son corps de poil.

Je suis soudain très fatiguée. Je m'en rends compte à présent : je manque de force et d'un certain panache pour continuer à vivre. La vie est pleine d'incompréhensibles ballottements et de secousses mal cadencées, et moi je rêve qu'on m'apaise, qu'on me parle à l'oreille d'une voix chaude.

L'homme ronfle. Dans le parc, tout près, gît en morceaux ma ballerine dont j'ai bouleversé la fine allure altière. En la plaçant au bord de ma fenêtre, je lui aurais confié le soin d'évoquer mes somptueux pays d'enfance, là où comme n'importe quel enfant j'ai dansé, l'âme droite.

Pourquoi les hommes ronflent-ils si bruyamment ? N'ont-ils pas honte ? Moi aussi je ronfle. Mais pudiquement, élégamment. Je veux dire sans que personne le sache. Puisque personne ne vient m'écouter dormir. Personne ne vient surprendre mes petites hontes sur le pas de ma porte et surtout, personne ne franchit vraiment le seuil de mon humble mansarde.

Je me lève, me vêts.

« Adieu !... Adieu !... »

Il ne voit ni n'entend mon départ : il ronfle.

Veille

Elle n'arrêtait pas de jacasser, mais c'était tellement agréable. Elle l'accueillait. Les portes de toutes les armoires s'étaient ouvertes puis refermées sous la vigoureuse poussée de Bernadette. Rose de plaisir, elle lui présentait chaque recoin du presbytère. Monsieur Paul, monsieur le curé, voilà votre nouvelle maison. J'en suis la petite âme depuis toute ma vie.

Ainsi, à partir du lendemain et pour tous les jours à venir, il l'entendrait entrer dans la cuisine à l'aurore. Et préparer le café, mettre la table, s'affairer pour lui, espérer qu'il se lève tôt afin de pouvoir bavarder un peu. De sa chambre, il apprendrait et finirait par reconnaître le bruit et le rythme des gestes qui, pour très longtemps – car elle allait vivre cent ans –, le tireraient du sommeil et lui feraient éprouver, au tréfonds de lui-même, qu'il avait enfin trouvé sa place, qu'il était au bon endroit et dans le bon lit. Bernadette veillerait sur la vie qu'il entreprenait en ce jour. Dès ce jour. Il l'aima infiniment.

Elle était replète, courte, avec des yeux d'Esquimaude et un chignon très haut perché, fait de gros cheveux noirs à peine éclairés par les blancs. Petit visage d'ange, masqué par tout ce qu'ici-bas on ne trouve pas très joli au premier coup d'œil : un nez trop mutin, une bouche trop mutine, des joues trop enfantines, des os trop invisibles. Paul y saisissait, sans effroi et pour la toute première fois, le charme véritable des dames. Un charme à sa mesure. S'il n'avait pas été aussi gracile, s'il avait été d'un âge plus autoritaire et plus réconfortant, il aurait pu appuyer ses mains sur les épaules de Bernadette, et les lui faire éprouver lourdes et enveloppantes. Simplement pour la remercier d'être là. Mais les mains de Paul tremblaient encore un peu à l'heure d'offrir le réconfort.

Il voulait apprendre à essuyer les larmes, à apaiser les cœurs agités. Il voulait prendre dans les siennes deux mains fragiles et les réchauffer. Fallait-il feindre un peu d'assurance ? Était-ce un jeu, devenir le phare d'un millier d'âmes ? Pour l'instant, il ne s'agissait même pas de réconforter qui que ce soit, mais seulement de montrer à Bernadette qu'un nouvel homme était en place. Un nouveau curé était arrivé et il s'occuperait de tout, comme ceux qui l'avaient précédé. Il était gauche et pas très grand, pas très imposant, mais il était arrivé.

Paul comprenait mieux la place qu'il avait choisie en acceptant la cure de ce petit village. C'était celle d'un travail à poursuivre, dans le même cadre et avec les mêmes outils qu'autrefois – un presbytère, une longue soutane, un chapelet de bois –, pour que se perpétue la même sorte d'espoir, un peu précaire et un peu à l'écart de tout ce qui se transformait au loin. C'était la place d'un coin d'ombre où il était encore permis qu'une femme comme Bernadette veille de près sur un jeune homme comme lui. Et il bénissait la pudeur de cet ordre-là, qui allait préserver le bonheur de sa ménagère et le sien.

Il entra dans le salon à sa suite, et tandis qu'elle s'avançait vers l'une des grandes fenêtres, il embrassa furtivement un mur de la maison. Il attrapa de ses deux mains une poutre de chêne qui soutenait le plafond bas de la vieille salle. Bien agrippé à elle, comme un jeune chat, il s'étira jusqu'à sentir tout son corps se détendre. Puis il marcha vers Bernadette et s'arrêta derrière elle. Sa taille à lui de petit homme, de petit séminariste et de petit prêtre, dominait celle de sa compagne, tellement minuscule que le haut du chignon ne dépassait guère le menton de son curé. Silencieuse, Bernadette fixait la rivière dont on pouvait suivre le cours paisible à chaque fenêtre du salon. Elle et lui, il en fut certain, deviendraient de vieux compères tendrement liés, et petits dans tous leurs gestes, dans toute leur amitié qui n'allait rien bouleverser ni rien réclamer, dans la vie discrète qu'ils allaient mener au presbytère. Il s'empara un peu brusquement du bras de Bernadette et la remercia.

Elle sursauta. Paul venait de l'arracher non pas simplement au calme de l'eau, mais à un espace triste et secoué qu'il n'avait pas su pressentir. Elle lui sourit, et au creux de ce visage encore inconnu pour lui la veille, il redécouvrit l'infime reproche voilé de douceur qu'on adressait toujours à son extrême naïveté. Chaque fois, l'impression était saisissante et blessait Paul pour longtemps. Qu'est-ce donc qu'il n'avait pas compris de toute cette scène où elle l'avait introduit et embrassé pour lui offrir la vieille maison de bois ? Qu'avait-elle à se retirer, toute lointaine ?

« Vous m'excuserez, n'est-ce pas ? Avant qu'on ne vienne chercher monsieur le curé Joseph, je voudrais lui préparer le dessert qu'il préférait. Une dernière fois. Vous comprenez, il a l'air de ne plus se soucier de nous depuis qu'il est comme ça, mais je ne pourrais pas le laisser partir sans un souvenir de moi. C'est trop long, trente ans côte à côte, pour tout oublier si vite. »

Elle disparut dans la cuisine.

Paul s'appuya contre l'embrasure de la fenêtre. La rivière, un peu plus bas, était très belle, et il eut envie d'aller longer ses berges, seul. Mais quelqu'un s'y promenait déjà, tout vêtu de noir et courbé. L'homme qu'il vit marcher au bord de l'eau devait être l'ancien curé qu'il remplacerait, et dont Bernadette venait juste de surprendre et d'épier les mouvements. Une personne redoutable, lui avait-on dit, avant que la maladie ne le terrasse. Un homme qui avait voyagé sa jeunesse durant, la croix et les mains trempées dans les charniers, dans la misère, dans les taudis de cette terre trop vaste. Le monde immense, enivrant, désolant et qui affolait Paul n'avait pas affolé cet homme-là. De quoi était donc fait le cœur de ceux qui aimaient la démesure ? Était-il plus dur, moins tendre en tout cas que le cœur de Paul ? On avait craint l'incomparable prestance de l'ancien curé. Mais Paul voyait déambuler une carcasse inoffensive et risible, que la paralysie avait toute désarticulée. Un pèlerin égaré. Sans doute devait-il se sentir ainsi, pèlerin de la onzième heure qui empruntait une dernière fois les chemins qu'il avait défrichés, qui embrassait une fois encore les endroits où il avait prié, où il s'était reposé. L'homme allait seul, échoué et sans maison.

À eux, les corps morts qui dérivent, les vieilles choses sans maison, Paul allait tendre une main, dont il se demandait si elle serait saisie ou abandonnée à son sort elle aussi. Cet homme, fallait-il aller le voir ? Et aussi se présenter à lui comme son successeur ? Cet homme pouvait-il avoir envie qu'on lui succède ? Paul songea à sa propre vie, qui pesait bien peu, lui semblait-il, lorsqu'il la comparait à toutes les autres. Sans secret, sans histoire, sans échec. Il appartenait aux choses anodines. Au bout de trente ans, serait-il parvenu à inscrire quoi que ce soit de lui dans la mémoire et la charpente de cette vieille maison qui en avait vu d'autres ? Le jeune prêtre se retourna vers l'intérieur. Son presbytère était tout imprégné soudain du vieil homme en noir laissé là dehors, et dont Paul essayait d'imaginer l'ancien visage de guerrier.

Le salon avait été aménagé comme on aménageait la grande salle commune des vieilles maisons de pierre ou de bois dans lesquelles avaient grandi des dizaines d'enfants. Il y régnait un certain ordre, un certain calme, mais par-dessus tout, une chaleur et l'impression d'un endroit où l'air circule, en dépit du plafond bas et des lourdes poutres. On avait peint deux murs en vert, foncé, et deux murs en blanc. On avait suspendu des rideaux verts. Le plancher de bois noueux répondait au bois des poutres, au bois de l'embrasure des fenêtres, au bois des portes massives. Devant l'âtre, un vieux banc du quêteux, à l'allure écorchée, avait l'air d'attendre que s'enflamment les lourdes bûches encore intactes qui reposaient sur la cendre. Plusieurs chaises étaient éparpillées dans la salle, dont l'une était plus imposante, plus austère. Peut-être que le vieux curé Joseph avait aimé s'y asseoir et lire. Paul se représenta les contours d'une belle soirée d'hiver, silencieuse. Comme il avait dû souvent faire bon ici, quand la neige tombait serré dehors. Bernadette devait alors regarder lire son curé, assise dans une chaise berçante pour se reposer de l'ouvrage du jour, le regarder lire ou fermer un peu les yeux. Il alla la rejoindre dans la cuisine.

Elle cassait les œufs, pétrissait la pâte, coupait les fruits et, entre deux gestes, lui avait adressé un rapide sourire. Tout à l'heure accueillante, et à présent repentante de lui avoir ouvert les portes d'un lieu qui appartenait encore à un autre. S'il n'avait rien dit, rien proposé, elle se serait peut-être obstinée à demeurer muette jusqu'au départ du vieillard qu'on devait venir chercher avant le soir. « J'ai vu votre curé qui marchait au bord de l'eau... »

Elle posa les yeux sur lui. Longuement, car elle se demandait s'il fallait parler, ouvrir son cœur chagriné à ce jeune homme aux yeux bons et doux. Elle prit sa cuiller de bois et la remplit de pâte aux fruits. « Monsieur Paul… » et alors se mit en branle la longue histoire de Bernadette, qu'il écouta. Elle lui parlait d'un autre, de l'homme qu'elle avait servi de toute son âme avant lui, pendant plus de trente ans. Avant que Paul ne vienne au monde, elle servait déjà Joseph, elle s'affairait déjà, ici, dans la grande salle, dans les chambres, promenant partout son chiffon, ses courtes pattes. Bernadette s'arrêtait pour manger un peu de pâte et reprenait son récit décousu. Elle lui parlait des pauvres, pour qui elle cuisait de lourds quartiers de viande, et des mourants qu'il fallait aller veiller, « monsieur Joseph priait si bien près des mourants ». Et les longues journées pluvieuses de novembre qu'elle aimait, elle, mais que lui détestait et c'était terrible, car alors il ne lui adressait plus la parole et même il s'enfermait dans sa chambre, là où elle n'avait pas le droit d'aller du tout. « Il était bon, quand même, il m'aimait, cela est sûr. » Et les grandes mains fortes du curé Joseph pressaient les joues de sa vieille compagne chaque dimanche, pour lui souhaiter un bon dimanche. « Je vous souhaite un bon dimanche, Bernadette, soyez bonne aujourd'hui. » Il y avait quelque chose de coquin dans sa voix quand il disait « soyez bonne », une chose qui le faisait sourire, mais que Bernadette n'avait jamais comprise. « Bon dimanche, monsieur le curé. » Et Bernadette sentait alors sa gorge se serrer, c'était toujours la même chose. Sa gorge se serrait d'une grande joie et d'une grande peine, en même temps. La joie de cette forte caresse, encore, et la peine que tout cela, toute cette vie-là, cesse un jour.

Elle remplit une dernière fois sa cuiller puis se moucha. Paul essaya de presser l'un de ses bras, potelé et couvert de farine, qui traînait sur la table, mais la petite servante recula. Elle ouvrit grand ses yeux de souris en le fixant et se mit à trembler.

Qu'y a-t-il donc encore, petite Bernadette ? « Qu'y a-t-il donc, madame ? » Il était question d'un secret. « Mais quel secret, madame ? – Une chose très grave. » Paul la regarda manger. Il regarda son visage joufflu. Les vieux secrets de Bernadette : tel était donc ce qu'il devait entendre pour qu'ensuite elle l'appelle « mon curé », « monsieur mon curé Paul », sans que vienne la heurter ni la garder captive le souvenir de l'autre, dont elle préparait le départ. Mais peut-être aussi ne lui dirait-elle jamais « mon curé », peut-être resterait-elle pour toujours, au fond de son cœur, la servante de Joseph. Il avait pénétré dans la demeure d'un autre, il habiterait cette demeure-là : qu'était-il venu faire là ?

« Quand il est arrivé ici, il pleurait. Ce n'est pas comme vous qui souriiez tant. Un homme si fort, et il pleurait. Il s'est effondré sur le plancher, ici, là. » Bernadette pointait de son gros doigt l'endroit où Joseph était tombé. On avait dit à Paul qu'au terme de ses longs voyages, Joseph avait demandé à revenir au pays, et qu'il voulait pour lui seul un village, une maison blanche et une servante. « J'ai voulu moi-même enlever ma robe… » Paul se redressa. Bernadette avait parlé bas, la tête penchée sur ses vieux seins. « Qu'avez-vous dit, Bernadette ? – Rien, rien, je n'ai rien dit. – Vous avez dit quelque chose, Bernadette, une chose étrange. – C'est vrai, monsieur Paul ? – Oui. – Vous croyez, monsieur Paul ? – Oui… – Une chose étrange ? Moi ? » Paul la regardait en plissant ses bons yeux, pour avoir l'air moins tendre on aurait dit, pour ne pas permettre à la petite servante de se taire à présent. Alors elle céda comme une enfant : « C'est bien vrai, monsieur Paul, j'ai dit qu'il m'avait prise cette nuit-là et que j'avais dit oui. » Puis elle se tut.

Elle pleurait, la tête basse, les mains ouvertes de chaque côté de son front. Paul la laissa ainsi, seule, un long moment. Puis il se leva pour caresser un peu les gros cheveux noirs tombés du chignon. Il rassemblait lentement les longues mèches et les enroulait autour de la toque relâchée. « Monsieur Paul », lui dit-elle. Il se pencha doucement vers le visage qui s'était relevé.

« La veille de son accident il y a quelques semaines, monsieur le curé avait enterré mes deux vieux parents, que j'allais visiter chaque jour et que j'ai trouvés morts, un matin. Je les ai perdus ensemble et j'étais leur seule enfant. Monsieur Joseph n'était pas un homme très tendre, savez-vous. Mais le matin des funérailles, pendant qu'il déjeunait et que je lavais la vaisselle, il m'appela son orpheline. J'ai ri, comprenez-vous ? J'ai soixante ans. C'était une taquinerie à lui. Le lendemain, en le découvrant paralysé dans son lit, je me suis dit : il avait bien raison, je suis une orpheline. Et j'ai pleuré près de lui. »

Paul retenait encore quelques cheveux entre ses doigts. Mais il avait redressé la tête. Par l'étroite fenêtre de la cuisine, il apercevait une partie du cimetière. « Pouvez-vous m'emmener près de la tombe de vos parents, Bernadette ? Que je sache où ils reposent. » Il vit qu'une lueur de gratitude succédait à la surprise qu'avait causée sa demande. Ils sortirent en empruntant la porte dérobée de l'ancienne cuisine d'été, qui seyait bien aux choses un peu inhabituelles. Lorsqu'elle était ouverte, on voyait tout le cimetière étalé sur sa large butte, on ne voyait que lui. Le soleil d'août l'avait fait mûrir lui aussi, et il baignait dans une clarté vraie, offerte au temps béni de la moisson. Paul, à trente ans, n'avait pas forgé encore toutes les vieilles habitudes qu'il aimerait poursuivre jusqu'à sa mort, sauf celle de marcher dans les cimetières. Il savait qu'il reviendrait souvent prier sur la tombe des parents de Bernadette.

Elle était allée s'agenouiller devant une belle dalle brune dont les lettres de l'inscription, finement gravées dans la pierre, faisaient ressortir le grain rosé, d'autant plus beau qu'il brillait sous la lumière du jour. À leur douce mémoire… Paul compta les années : ils avaient vécu presque cent ans. Et Bernadette était arrivée bien tard dans leur vie. Comme si lui-même, dans dix ans, après qu'une moitié d'existence se fut écoulée durant laquelle il aurait fallu être le curé d'un village, devenait le père d'une belle petite fille brune. Et choisissait de tout recommencer pour elle.

Bernadette devait être épuisée, car elle s'était remise à pleurer. Cette fois, il entoura solidement les épaules de sa compagne, et elle put se blottir contre lui. « Le lendemain de cette nuit-là que vous savez, je lui ai demandé s'il fallait que je quitte sa maison, à cause de ce que nous avions fait ensemble. Il m'a dit : "Non, restez je vous en prie." Et moi je suis restée. » Paul pensa aux siens, à sa mère soudain, mais il ne sut pourquoi. Il la revit qui vieillissait lentement dans sa maison de pierre, un peu plus seule qu'avant, avec peut-être elle aussi un vieux secret obstiné au fond du cœur. « Vous êtes quelqu'un de très bon, vous, monsieur Paul. Je l'ai tout de suite compris. » Il respira profondément. Le bras de Paul était ferme, et il ramena son orpheline à la maison.

Elle offrit de faire du thé, pendant qu'il monterait dans sa chambre, le temps d'y ouvrir ses malles. L'escalier d'érable ne débouchait que sur un étroit corridor, le long duquel s'alignaient deux portes blanches. L'une masquait un débarras, un fouillis de grenier d'enfant où devait dormir en morceaux la longue histoire du presbytère, et l'autre s'ouvrait sur sa chambre. Pièce calme entre toutes, petit écrin logé sous l'une des deux lucarnes. Ici, il veillerait des nuits entières, avec le reflet de la lune tel un poète, avec le livre des Évangiles tel un curé de village, ou avec l'image d'une jeune femme rencontrée dans la rue tel un homme à certaines heures tourmenté par ses choix. Mais l'empreinte du vieillard était encore trop visible pour que Paul se permette tout à fait librement de s'asseoir au bureau, de s'étendre sur le lit, d'imaginer déjà l'atmosphère d'une chambre qu'aurait cessé d'envahir si fort l'ancienne présence qui gardait ces lieux.

Pourquoi cet homme avait-il tant pleuré lorsqu'il était arrivé au presbytère ? Il avait donc beaucoup souffert ? Paul se figura Joseph dans toute sa gloire, à trente ans, marchant, l'œil net, à travers les steppes arides d'un pays lointain. Seul. Que cherchait-il ? Une chose rare sans doute. Qui méritait qu'on s'arrache aux siens et se mette en route, en acceptant de perdre sans cesse les gens qu'on aime. Et au bout du long chemin d'exil, peut-être découvrait-on enfin cela qu'on avait tant cherché et qui avait coûté tant de peine : une fleur sauvage, une étrange étoile. Une impression de paix et de grande lumière, qui n'existait certes pas dans les alentours qui nous avaient vus naître. Mais Paul ne comprenait pas bien la nécessité de s'arracher brutalement à tout ce qui est familier. Il n'avait jamais eu envie de rompre aucun des liens qu'il avait lui-même forgés, ou que la vie s'était doucement chargée de forger pour lui. Il était intimidé par les hommes comme Joseph, par cette grande force brutale qu'il leur reconnaissait. Peut-être Joseph était-il revenu d'exil avec le sentiment d'avoir échoué. D'avoir été trahi. Mais par qui ? Qui donc trahissait les hommes ? Qui pouvait les abandonner en plein désert, en pleine quête ? Dieu ? Paul eut un frisson. Il regarda le crucifix en fer noirci, suspendu au mur bleu, près du lit. Il imagina Joseph étreignant le corps enfantin et tendre de Bernadette, le temps d'une seule pauvre nuit. Bernadette, qui était demeurée auprès de lui sans jamais faillir, sans jamais le trahir.

La lumière du jour entrait dans la chambre, mais beaucoup plus discrètement qu'au salon. On pouvait soulever le châssis cependant, et laisser pénétrer l'air frais. Paul releva ses manches et tendit les bras dehors. Il laissa le souffle un peu froid du vent le surprendre, le saisir. Il resta ainsi, debout, à son poste de guet, jusqu'à ce qu'il distingue soudain le corps à moitié nu d'un homme qui, venu de la rivière, se dirigeait tant bien que mal vers la maison. L'ancien curé avait dégrafé, ou déchiré sa soutane noire et sa chemise blanche dessous. Sa vieille poitrine tremblait sous chacun des vieux pas cahotants, débiles et hésitants. L'homme penchait la tête, relevait la tête, secouait la tête en tous sens. Et il semblait à Paul que seul un immense cri, jailli de la poitrine usée, aurait pu mettre fin au désordre. Bernadette l'appelait d'en bas : « Monsieur le curé Paul ! Monsieur le curé ! » Il descendit rapidement. Elle l'entraînait vers la porte du salon qu'elle déverrouillait en s'agitant, en butant, en recommençant. Puis elle le poussa légèrement dans le dos pour qu'il aille au-devant de l'âme en peine, presque dévêtue dehors. Elle se tenait derrière lui, mais ne franchit pas les limites de la galerie de bois lorsqu'il s'avança sur l'herbe.

Malgré la présence des arbres, des oiseaux et des fleurs, il ne semblait y avoir dans tout l'espace que deux corps d'hommes qui s'approchaient l'un de l'autre. Mais Paul sentait qu'il ne pourrait pas serrer sur son cœur cet homme malade et à demi nu. Dans quelques pas encore, lorsqu'il découvrirait son allure fluette, sans doute que Joseph prendrait plaisir à mépriser de toute son âme celui qu'on avait choisi pour lui succéder. « Lui ? À ma place ? Cet enfant de chœur aux joues roses ? » Paul avançait presque en tremblant. Joseph ne parlerait pas, c'est vrai. Mais peut-être qu'il cracherait sur lui. Qu'est-ce qui avait pu se produire dans l'âme blessée du vieux curé pour qu'il cède ainsi à la rage et déchire ses vêtements ? On aurait dit un rabbin de l'Ancien Testament, lacérant sa tunique sur son corps pour protester contre un blasphème, un sacrilège. Le temps qui passe, la maladie : on avait blasphémé l'ancienne beauté de Joseph, et il avait crié vers Dieu. Comment Paul pourrait-il le relever, puis l'aider à gravir la pente en haut de laquelle Bernadette l'accueillerait une dernière fois ?

Mais l'ancien curé, que Paul venait juste de voir tomber dans l'herbe, s'était redressé et l'attendait. Paul s'était arrêté devant un homme beaucoup plus grand que lui. Dont les bras bougeaient d'une manière ridicule et dont la bouche se tordait. Mais dont l'œil était net, et rempli d'une colère qui commandait et qui obtint sur-le-champ sa soumission. Paul baissa les yeux et les sentit se remplir de larmes. Jamais il ne pourrait affronter un tel homme. Qu'allaient-ils devenir, qui porterait la charge de l'autre pour qu'ils puissent marcher jusqu'à la maison ? Paul évita le regard qu'il craignait pour poser le sien sur la vieille poitrine en lambeaux. Le poil gris qui avait dû être brun, la peau si fine et si flasque, qui avait dû se tendre sur un corps splendide. Il s'approcha ; il aurait voulu que sa main touche le vieux sein, qu'elle s'y appuie bien pour sentir battre le cœur. Ses larmes glissèrent sur ses joues, et presque sur la poitrine du vieil homme. Il retint son souffle, et glissa les manches de la chemise, puis celles de la soutane, le long des bras informes et raidis de l'ancien roi. Il ramena au-devant du corps les pans déchirés de l'étoffe noire, et murmura d'une voix infiniment douce : « Venez, je vous prie… »

Il avait fallu de nombreux bras d'hommes pour construire la maison où ils se rendaient. De bons menuisiers, de bons artisans, de bon vitriers, plâtriers. Elle était blanche, toute simple, avec un beau toit noir qui s'allongeait pour couvrir la galerie. Elle pouvait loger chez elle bon nombre des détresses venues rôder aux alentours en quête d'un gîte. Bernadette les fit entrer et les suivit au salon. Elle tenait entre ses mains une tasse de thé qu'elle offrit à Paul, puis pencha la tête et refusa obstinément d'approcher son vieux compagnon qu'elle ne reconnaissait plus. Paul avala quelques gorgées : ni l'homme blessé ni Bernadette ne bronchaient. Il vint relever son menton à elle : « Vous direz aux gens qui devaient emmener monsieur le curé

Joseph qu'il passe la nuit ici, voulez-vous ? Je vais l'installer dans sa chambre. » Elle les vit monter ensemble les marches étroites et escarpées, Paul soutenant pas à pas son survenant, son visiteur d'un soir.

Il le dévêtit aussi délicatement qu'il l'avait revêtu, et le coucha dans un lit aux draps frais, lavés le matin même. Il plia avec soin la longue soutane d'un ancien temps, la déposa sur une chaise de bois. Le jour avait décliné un peu, l'air était devenu plus frais, mais il laissa la fenêtre ouverte. Tout à l'heure, la clarté pâle de la nuit rendrait diffus les traits de leurs visages aux aguets. Rien de Paul, aucun objet, aucun effluve encore, ne traînait dans la chambre. Que sa seule présence, qu'il déplaçait avec lenteur sur la surface du plancher. On frappa discrètement à la porte. Bernadette avait apporté la théière, qu'elle posa par terre. Du seuil qu'elle n'osait franchir, elle étirait son cou pour apercevoir le vieux visage, et tendait un peu les mains au-devant d'elle pour que Paul les enserre.

« Est-ce qu'il va mourir ?

– Pas du tout, pas du tout. »

Il sourit à la petite servante. Elle fit un signe de la main au vieil homme qui la regardait et s'éloigna. « Je ne serai pas loin, monsieur le curé. » Lorsqu'il n'entendit plus ses pas dans l'escalier, Paul referma la porte. Il commençait sa première nuit de veille.

Comment le temps se comporterait-il, ce soir et cette nuit ? Il fit un pas. La planche sur laquelle il venait de s'appuyer craqua. Il sentit l'envelopper les longues heures sans repos qu'il aurait à traverser. Paul appuya ses épaules contre le mur en regardant l'étroite figure osseuse aux yeux clos, et il comprit qu'une certaine inquiétude enfantine le quittait peu à peu : comme s'il se libérait soudain de toutes ces années au cours desquelles il avait craint que sa bonté ne suffise pas à la tâche.

À présent, la question ne se poserait plus : sa bonté toute simple suffirait. Et si la tâche était trop grande, tant pis, ce n'était pas si grave. Il verrait sa bonté trembler, vaciller, tomber. Puis lentement se redresser.

Le vieil homme venait d'ouvrir ses grands yeux gris. Il avait balayé toute la pièce du regard pour le retrouver. Paul se laissa dévisager longuement, sans bouger. L'autre le regardait à nouveau avec hargne. « Quitte cette demeure, homme de paille ! » Mais Paul, qui ne se sentait plus l'étoffe d'un homme de paille, lui sourit plutôt. Il songea à toutes les âmes affolées que Joseph avait accompagnées jusqu'aux portes de la mort et il les plaignit : qui donc avait souhaité mourir près d'un homme comme lui ? Puis il observa les mains de Joseph, tordues, comme abandonnées sur la couverture. Paul aurait embrassé les vieilles mains si cet homme se mourait. Il se serait agenouillé près de lui pour une dernière prière. Mais sans la mort, non : il n'allait pas accorder à Joseph le plaisir de retirer ses mains tordues d'entre les siennes.

Le vieillard continuait à le fixer. Paul le laissa à son manège et prit appui sur le rebord de la fenêtre. La nuit, très jeune encore, était arrivée. Il glissa la tête sous le vieux châssis relevé, qui n'était retenu par aucun bout de bois, par aucun crochet et qui, néanmoins, demeurait suspendu. Une fenêtre à guillotine, dont les vieilles maisons étaient encore pleines. Enfants, sa sœur et lui n'avaient pas le droit de les approcher, et il se rappelait sa mère, constamment aux aguets, l'été, lorsqu'ils venaient jouer dans la grande salle. Martine, un jour, avait désobéi et s'était cassé tous les doigts de la main gauche. Les classes allaient reprendre, et elle était devenue droitière. Paul la revit qui hurlait, tandis qu'il remontait le châssis et dégageait sa petite main brisée. Joseph rirait sans doute, d'un rire intérieur et sec, si la lourde fenêtre s'abattait sur sa nuque à présent.

L'air frais de la nuit ne sentait ni la terre dégelée du printemps, ni la terre mouillée de l'automne, ni la jeune verdure de juin, mais bien l'herbe séchée de la mi-août et Paul aimait retrouver cette odeur-là plus que toutes les autres. Parce qu'elle conviait à la réjouissance. Il y avait eu des fêtes, au mois d'août, chez ses parents, qui avaient réuni tant de monde : la parenté, mais pas seulement celle des dimanches ; aussi des cousins et des cousines qu'on ne voyait même pas tous les Noëls, et qui venaient fêter la fin d'un lourd été de chaleur. Également des amis, des voisins, qu'on embrassait et qu'on présentait à la ronde. Paul se rappela ce qu'il éprouvait alors dans sa tête d'enfant, et c'était l'impression bienfaisante d'appartenir à tout cela. Sa petite place au milieu des rires francs.

Derrière la maison, au-delà de la voie ferrée qui coupait en deux la terre de ses parents, poussait un champ d'avoine. Les enfants y jouaient à la cachette jusqu'à la brunante. Puis ils revenaient souper avec les grands. À la mi-août, on leur accordait parfois la permission de retourner au champ une fois la nuit venue. Ils étendaient par terre de vieilles couvertures qu'on leur avait prêtées, se couchaient et regardaient les étoiles filantes. S'il n'y avait pas de nuages et que de surcroît la lune était en quartier, le ciel devenait noir et se mettait à bouger. On les laissait là de longues heures quand l'air était doux, ne les rappelant à la maison que tard dans la nuit pour achever la fête avec eux.

Par une de ces belles soirées, sur le chemin du retour, Paul s'était arrêté pour regarder le champ que toute la troupe venait juste de déserter après une longue veillée d'étoiles. Il voyait à peine la trace de leur passage à travers les tiges d'avoine, à peine le bout du champ et à peine les cerisiers sauvages qui le bordaient de chaque côté. Les alentours étaient soudain devenus très sombres, simplement parce que les enfants s'éloignaient en riant et qu'ils le laissaient là, devant un champ dépouillé de ses allures familières. Et à mesure que décroissaient les voix dans son dos, Paul sentait s'amenuiser, puis s'effriter pour toujours la joie d'être parmi elles, de n'être que parmi elles.

Il aurait pu, à cette heure étrange de son enfance, choisir de retourner seul au champ pour contempler les étoiles qui continuaient de marquer le ciel. Il aurait pu disparaître un peu, ne pas souhaiter le bonsoir aux gens qu'il aimait et qui s'en retournaient bientôt. Ainsi, la vieille maison où l'on était heureux laissait pendre autour d'elle des chemins pour la quitter. Paul avait compris que ce champ vide où il pouvait retourner s'étendre devait se nommer la solitude. Ce devait bien être le nom de cette invitation suspecte, qui attendait qu'on lui cède et qui autrement gisait là, pleine de noir et d'horizons mal découpés, pleine d'étoiles ignorées des autres. Il avait rattrapé ses cousins et cousines en courant.

Ce soir, il se demandait pourquoi quelques secondes d'hésitation devant un champ d'avoine noire étaient venues fragiliser la joie de tant d'années heureuses, où ses yeux brillaient à l'approche du mois d'août. La peur éprouvée alors n'aurait-elle pas dû plutôt saisir un enfant moins comblé que lui, moins convaincu de toute la joie qui l'inondait ? Paul se souvenait qu'après cette nuit-là, il avait été touché par l'immense besoin de réconfort dont la terre débordait. Les gens oubliaient d'où ils venaient et se mettaient à trembler, seuls et sans soutien. Paul allait vouer toute sa tendresse à ceux qui voulaient qu'on les rassure.

Mais aurait-il fallu, après tant d'années, retourner seul au champ pour ne pas se sentir si vain devant un homme comme Joseph ? Le champ déserté s'était peut-être présenté à son regard d'enfant comme un appel qu'il avait refusé. Mais quel appel était-ce ? N'avait-il pas choisi la solitude lui aussi ? Qu'était-ce donc, ce champ noir où il avait eu peur de marcher seul et de danser, loin du regard des hommes ? Paul imagina soudain le vieux curé danser, seul et nu, dans un champ d'avoine. Joseph dansait en riant, la tête renversée pour contempler la lune, les yeux agrandis pour ne rien perdre de cette danse nocturne à laquelle il cédait. Paul sentit qu'il n'était pas comme Joseph : il n'appartenait pas comme lui à la confrérie des âmes fortes, qui fuient parfois les hommes pour danser seuls sous la lune, dans de grands champs noirs. Ça ne faisait rien.

Avant de repasser la tête sous la fenêtre à guillotine, il scruta longuement le ciel. La lune était pleine et la rivière captait son reflet mais, malgré toute cette lumière, on voyait nombre d'étoiles scintiller. Il attendit, jusqu'à ce que l'une d'elles vînt enfin traverser le ciel. Alors il rentra.

Il ne distinguait plus rien, ni Joseph ni les angles de la pièce, tant la noirceur était devenue opaque. Il retrouva à tâtons la petite chaise de bois et la fit craquer en s'asseyant. Il venait sûrement de réveiller son hôte s'il s'était endormi, et s'attendait à voir surgir de l'ombre les deux prunelles en colère. Quelques secondes encore et il verrait Joseph étendu sur son lit, le lorgnant. Dès qu'il se serait habitué à la noirceur...

Mais le vieil homme avait plutôt tourné la tête et fixait le mur bleu, auquel était accroché le crucifix. Il y avait des larmes dans ses yeux. À quelle sorte de joie étaient donc conviés des hommes comme eux ? Paul les sentait tellement seuls, tous deux dans cette chambre. La joie ne surgissait pas du cœur de deux hommes seuls. Fallait-il qu'ils abandonnent pour autant l'envie de la trouver ? Le vieillard regardait toujours la petite croix de fer. Son regard était presque celui d'un homme doux. Paul l'imagina dire à sa petite servante qu'elle était devenue orpheline. On l'avait sans doute un jour abandonné quelque part pour qu'il sache ainsi reconnaître les orphelins. Paul caressa les cheveux puis serra longuement entre les siennes les mains du vieux curé qui allait les quitter, demain ou après-demain, qui s'était un peu attardé avant de partir. Et il sentit qu'une joie toute fugitive étreignait soudain son cœur, parce que le regard apaisé de Joseph venait de se poser sur lui.

Mon Acadienne

Je doute et je tremble, c'est tout ce que je fais. Mais à force d'habiter le doute, je m'aperçois que ses horizons, à mes pauvres dépens, sont aussi vastes que ceux de la foi.

Gabrielle vient juste de m'ordonner : « Viens un peu ici, ma sorcière, viens t'asseoir dans notre fauteuil. » Je m'y rends, m'installe du mieux que je peux. Je touche avec mon doigt le vieux tissu rugueux, usé, et j'essaie de détendre mon petit être toujours un peu trop tendu. Le rapport entre une sorcière et moi ne s'impose pas d'emblée, je pense, si ce n'est par mon singulier manque de beauté. D'où le rapprochement, peut-être ? Non. Je fais tort à Gabrielle, car ses yeux sont remplis d'amour quand elle dit « ma sorcière » et je sais qu'étonnamment elle voit de la beauté sur mon petit visage. Les yeux bleu clair de Gabrielle voient des choses que les miens s'obstinent à recouvrir, à masquer. Avec elle, les nez busqués, les verrues et les seins secs, toutes les manières d'infirmité enfin, se mettent à verdoyer, à gonfler, à frémir, à sortir de l'ombre et de la honte comme autant de choses qui en pleine lumière peuvent se mettre à aimer.

« Viens t'asseoir aussi, ma ricaneuse », lui dis-je. J'ouvre un peu les jambes pour qu'elle vienne se blottir contre moi. Elle s'avance avec son immense sourire, on dirait la bouche d'une baleine, et elle s'assoit. Je dénoue son chignon ; ses cheveux se répandent partout, sur ses épaules et sur ses bras, sur nos quatre seins. Gabrielle est une sorte de fille qu'on a envie de ployer en tous sens pour que ses seins bougent et jouent les cigales, pour que ses seins continuent à réclamer sous le soleil qu'on les pétrisse comme de la pâte.

Souvent, j'observe les seins nus de mon amie : quand elle se lève et que négligemment elle omet d'enfiler une camisole, ou quand elle se prépare à dormir le soir et que négligemment elle retire sa camisole. Elle aime bien marcher seins nus chez elle, quand il n'y a que moi. Je suppose qu'elle le fait aussi avec ses amants. Et même quand elle est seule, mais il est vrai qu'elle ne l'est pas très souvent. Les seins de Gabrielle sont énormes et pendants. L'un d'eux est plus gros et placé plus bas que l'autre. Tous deux sont dorés, et cuivrés à la pointe. Ils ont l'air plus doux que s'ils trempaient en permanence dans l'huile d'olive ou dans le lait. J'éprouve à leur endroit une tendresse divine.

Ce qui me retient en ce monde, c'est Gabrielle et tout l'amour que contient son corps. Sans elle et toute sa chair offerte à mes grands yeux, il y a belle lurette que j'aurais mis les voiles vers la mort. Ce que je ferai peut-être un jour, qui sait, mais pas encore, pas tant que j'ai ma petite place de visiteuse dans sa maison. J'éprouve de la gratitude pour mon amie l'Acadienne. De la gratitude, oui : sentir que souffle encore en moi ce petit souffle de la vie et me mettre à pleurer, toute secouée d'étonnement. La vie me traverse encore, et c'est à Gabrielle que je le dois. J'embrasse longuement chacun de ses yeux, comme si j'étais sa mère. Avec elle, j'ose des gestes de vivante.

Par la longue fenêtre entre une fine et froide lumière blanche : c'est la fin d'un jour d'automne. Accrochés à un vieux bout de fer pendent nos lourds rideaux lilas. Nous les avions taillés, cousus et installés ensemble il y a deux ans, en juillet, je m'en souviens bien. De grosses étoffes déjà salies que nous avions volées au fond d'une cour, pas très loin d'ici. « Allons ! s'était écriée Gabrielle, nous n'avons pas de rideaux ! » Et elle s'était aventurée dans la ruelle, glissée dans la cour sombre avec moi sur ses talons. Gabrielle s'entête à répéter que les étoffes gisaient par terre, mais en vérité elles étaient rangées dans une boîte.

Je n'aime pas commettre des larcins. Un jour, quelques années avant de connaître l'Acadienne, je m'étais mise pour toutes sortes de raisons à avoir faim, au point de peut-être même en mourir. À cette époque, je n'allais pas très bien, je n'avais pas d'amis, je déambulais seule un peu n'importe où, à la dérive. Et ce jour-là, je m'étais retrouvée près d'un marché. Mais je n'avais rien volé à qui que ce soit. Rien. Pas même une pomme, pas même un bleuet. Je voulais amener les gens à m'offrir d'eux-mêmes quelque chose. Je voulais voir si je pouvais susciter l'amour, avec mon air misérable. Mais il ne s'était rien produit du tout. « Ma chérie, il aurait fallu que tu voles, voyons ! » m'avait dit Gabrielle avec son bon sourire, quand je lui avais raconté l'histoire. « Tu n'es pas une voleuse, toi, alors tu aurais pu voler, ça n'aurait pas été un vol ! » Et depuis ce temps-là, il m'arrive quelquefois de voler, avec Gabrielle qui n'est pas une voleuse. Et même si cet aveu me coûte, je peux dire que juste avant d'accomplir un larcin, la fièvre d'exister s'empare de moi. Je me mets à exister, impérieusement, fatalement, déraisonnablement. J'existe, et qu'on ne vienne pas me dire le contraire, même si mon air de cadavre ne suscite pas l'amour des bien-portants. Ce sont bien tous les larcins, toutes les petites incartades au droit chemin qui ont permis à mon cœur de s'enfiévrer à nouveau pour la vie ; mon cœur qui, de toute façon, n'a jamais compris grand-chose au droit chemin.

Cependant, il ne me sert à rien d'exagérer la puissance de cette fièvre de vie dans mes veines. La fièvre vient, la fièvre va : et quand elle va je ne vaux plus guère. C'est ainsi qu'une fois nos rideaux bien installés aux fenêtres de la maison, j'avais senti la fièvre tout à coup me quitter. Peut-être avait-elle rendez-vous avec un autre voleur, un autre hère à bout de souffle comme moi ? Enfin moi, j'étais soudain devenue trop petite, à nouveau moins que rien pour soutenir toute cette vie qui grouillait dans les rideaux, dans le rire en trompette de Gabrielle et dans la poussière du plancher – toute cette vie à laquelle je ne comprends rien et dont je m'empare mal, ça n'a pas changé. Alors ce soir-là, en cachette de Gabrielle, je m'étais saisie d'un long couteau et j'avais tailladé la chair douce de mon poignet gauche. Avec mon sang, j'avais taché un peu, à peine, le rideau du salon. Puis j'étais repartie chez moi, pensive ; j'avais pensé toute la nuit à mon étrange vie qui vient, qui va, comme la mer en ses marées.

Je vois encore le sang bruni sur le vieux rideau sale. C'est ma signature, je suppose, ma manière de dire « j'existe, mais… ».

Gabrielle se repose, blottie contre mon flanc. Elle ressemble à une belle putain de l'Antiquité, avec sa peau très odorante et sa longue tignasse. Gabrielle aime offrir son corps, en particulier aux hommes roux qui lui font les yeux doux ; à défaut d'eux, à n'importe qui. Mais ensuite, quand elle s'est bien donnée, quand elle s'est profondément ouvert et blessé le cœur, elle s'effondre à mes pieds en pleurant. Mon amie est une grande poète. Ou bien c'est moi la poète quand je lui dis : « Mon Acadienne, mon Acadienne, tes nombreux péchés d'amour sont pardonnés. » Avec mes deux mains je la relève et je serre son gros visage, ses joues rondes. Je ne le lui ai jamais dit, mais c'est à elle que j'ai confié mon pauvre corps mutilé. Sitôt que je l'ai vue, j'ai confié mon corps à cette putain sauvage remplie d'amour. Et à l'instant même, je me suis sentie apaisée.

Voilà que je pleure et que je la presse contre moi jusqu'à l'étouffer. Je sens bien vite ses mains monter le long de moi pour venir essuyer mes larmes. Comme à son habitude, elle défait ensuite ma petite tresse... et, misère du monde, misère de moi, je voudrais dire un peu toute la pauvreté qu'elle y découvre, chaque fois. Car mon crâne fait penser au champ de blé des affamés : de rares épis à peine chargés, qui se déchargent encore à la moindre brise. De rares cheveux, c'est ma plus grande honte : ils tombent, tombent, tombent. Et je reste là, fragile, dépouillée, déserte, avec ma tête d'œuf et ses quelques plumes encore qui résistent aux grands vents. Je n'y peux rien, mes cheveux tombent. Gabrielle pénètre ce champ-là de mon crâne du bout des doigts, délicatement, comme si elle allait se mettre à prier dans une chapelle silencieuse, toute de cristal ouvragée, où il convient de respirer à peine : quel effort quand même, pour elle.

Quand Gabrielle est à table et qu'elle mange, rien, aucun de ses gestes n'est effacé ou fatigué : elle prend le pain et le rompt, elle éclate de rire, elle boit et lape à longs traits, elle verse le sel au creux de sa main et le déverse sur les sauces lourdes, la viande rouge. Elle se rassasie, se renfloue. Elle devient une grosse baleine heureuse. Mais quand Gabrielle vient se promener dans la forêt chenue qui pousse là-haut sur mon crâne, alors son pas est léger, léger, comme si tout entière elle n'était que cela : légère.

L'Acadienne ouvre mes jambes de ses deux mains pour se construire un nid qui soit plus moelleux. Qui, à part elle, accepterait de faire trembler ses hanches le long des miennes qui ne bougent pas ? J'ai des cheveux de pauvre, deux mains fragiles, osseuses et qui dansent, deux longs bras maigres à la course et deux jambes de faucheuse : tout cela se déploie autour de moi et me donne l'air d'une prêtresse de la mort. Il ne reste que mon Acadienne pour ouvrir mes jambes et croire que l'eau reviendra un jour surprendre le coin d'ombre où elles se serrent l'une contre l'autre quand elle n'est pas là. Et peu m'importent mes misères, au fond, pourvu que l'Acadienne me permette de rester près d'elle.

« Ma mère va arriver ici dans deux jours.

– Je sais », lui dis-je.

Je renvoie ma tête contre le fauteuil et détourne mes yeux d'elle. Je tapote le tissu délavé qui recouvre le vieux meuble de notre étrange amitié. Je cherche dans ma tête une histoire à raconter pour étirer le temps : je suis pleine d'histoires, j'en déborde, je ne demande qu'à les raconter aux gens qui m'aiment. Mon cœur est un tapis d'Orient. J'en perçois la beauté, la finesse de l'exécution. Les baisers toujours nouveaux des fils de chaîne et de trame, et la lenteur sublime qui gouverne le rythme de leurs prochaines rencontres : je perçois cela en moi, avec les années. Se peut-il vraiment qu'une vie triste comme la mienne tisse en secret un si beau tapis d'Orient, tout chamarré de dorures et qui brille au soleil ? Je suis époustouflée par la précision d'un tel travail, par l'ordre que suppose l'enchevêtrement d'aussi nombreuses couleurs, par la cadence imposée sans cesse aux arabesques les plus folles. Comment se fait-il que je sache lire en mon cœur une telle ordonnance de la beauté alors que je mène ma vie avec si peu de soin ?

« Laisse-moi seule quelque temps. Va-t'en un peu chez toi. Je vais préparer la maison pour accueillir ma mère. Quand elle sera là, quand je l'aurai eue rien que pour moi quelques jours, tu reviendras. Je te la présenterai. »

Mes jambes s'étaient un peu engourdies, j'ai eu grand-peine à les redresser. Me voilà sur le pas de sa porte et j'imagine qu'il ne me reste plus qu'à marcher. Mais l'air de la nuit est cinglant.

* * *

Le hameau de la Petite Aldoine s'étire le long de la plage. Rose se plaît à contempler la ligne fragile de l'Aldoine, formée de quelques maisons blanches, puis à la comparer en silence à sa mort prochaine. Voilà une autre pensée nouvelle : saisir dans les formes du hameau natal l'image de la mort qui soit la plus juste et la plus touchante. Les pensées n'arrêtent plus de foisonner dans son cœur, pêle-mêle et rafraîchissantes, depuis qu'on lui a appris combien peu de temps il lui reste à vivre.

Et les grosses demeures, de plus en plus éloignées les unes des autres, qui s'éparpillent au bout du regard dans un immense champ de blé marin, persuadent Rose du manque de cohérence, ou plutôt de l'étrange désordre dont s'entoure la mort. Rien qu'on puisse unir au terme d'une vie. Mais au contraire, l'impression qu'il faille enfin céder. Qu'au lieu d'être un temps d'assentiment dévolu à la vie menée, la mort et ses alentours soient l'occasion de perdre à l'infini ce qu'on avait patiemment rassemblé. La dispersion : ce mot contre lequel la vie est une lutte laborieuse et constante, Rose l'accueille en elle à présent et découvre ses charmes.

L'Acadie de novembre l'avait toujours effrayée. Elle se rappelle sa vie comme une manière d'échapper au vent. Même dans sa chambre d'enfant, à l'abri sous la laine, elle pouvait deviner sur la peau sans rides de son visage la mauvaise caresse du souffle impitoyable qui balayait son pays au dehors, sans le ménager. Pendant un temps, béni, le lit nuptial l'avait protégée des choses qui se bousculent. Ainsi, il y avait bien eu des secondes parfaites où, ruisselante, Rose avait donné sens au vent du dehors en ne l'autorisant plus à s'immiscer là où elle accordait à son homme de la faire haleter de joie.

Mais ce temps si ténu de la vie humide semble aujourd'hui presque irréel tant le mois de novembre souffle violemment. Chose mystérieuse toutefois, tandis que s'effrite le souvenir d'avoir joui quelques heures au cours de sa vie, le vent la pénètre à présent comme une paix. Elle détache son fichu (ma pauvre, se dit-elle, tu n'as plus ni fierté ni cheveux) et laisse aller au gré du vent natal ce qui reste de sa belle tignasse noire.

« Mais tu tousses, Rose, tu tousses. Remets-nous ton fichu ! » de protester l'une des petites vieilles qui l'accompagnent partout. Une autre petite saute en l'air pour attraper le fichu que Rose tient haut, le bras tendu. Une autre encore marmonne « ah ! le vent le vent, ah ! le vent le vent », et la dernière des quatre vient doucement blottir sa tête au creux de l'épaule malade.

Elles se promènent à cinq, comme autrefois. Depuis que Rose se meurt, chacun de leurs gestes retrouve dès le matin la clef de sa mémoire enfantine et se met à rajeunir, à redevenir barbare et riant. Elles trottinent autour de la mourante. Si elle veut aller pèleriner à gauche, elles vont à gauche, accompagnant leur amie qui marche sur le vieux quai de bois à l'abandon, qui s'allonge avec peine au milieu des champs pour contempler les nuages, qui sillonne Richibouctou dans ses moindres recoins et qui tous les soirs revient gravir l'humble colline en haut de laquelle on voit mieux qu'ailleurs et dans son entier le hameau de la Petite Aldoine.

Quelqu'un, jadis, a érigé sur cette colline une grande croix blanche et Rose, lassée des vieilles qui la grondent, s'y adosse pour reprendre son souffle. Elle ferme ses yeux bleus et prie : que jamais plus la toux ne la fasse souffrir… drôle de prière.

Qui a planté cette croix ? Mourra-t-elle sans le savoir ? Ce n'est qu'un manque de curiosité, déplorable lui semble-t-il soudain, qui l'a incitée toute sa vie à tenir l'éternité de cette croix pour acquise. Mais quelqu'un, pourtant, l'avait bel et bien mise au monde : il y avait d'abord pensé au fond de son cœur, simplement ; puis il avait aiguisé sa hache, abattu un arbre, équarri et peint le bois, cloué la planche sur le lourd madrier ; il avait attelé ses chevaux et tiré la croix jusqu'au sommet du coteau pour l'y ériger. Les choses naissent, les hommes naissent. Rose s'endormira ce soir une dernière fois en Acadie. Et elle ne retiendra de cette dernière nuit guère plus que de la première d'entre elles, quand on la déposa dans son berceau, auprès de sa mère. Ses yeux se mouillent de larmes. Qu'est-ce qui est donc soudainement si douloureux ? Est-ce d'admettre à quel point la naissance est réelle ? À quel point, malgré ses allures de fantôme, malgré qu'on en perde toute mémoire, elle s'incarne, s'ensanglante et demeure une lumière sauvage qui monte en nous jusqu'à la mort ?

Rose tourne la tête à droite et repère sa maison natale au cœur du hameau ; elle plisse les yeux pour retrouver la fenêtre de la chambre où sa mère lui offrit la vie. Puis elle tourne la tête à gauche et contemple le cimetière qui s'étale derrière l'église. Est-ce vraiment sa vie qu'elle voit là, tout entière ? Comment en arrive-t-elle à douter, à se sentir hébétée, dépassée, quand devant elle sa mort et sa naissance lui parlent en même temps ?

Pourtant, la seule chose qui lui semble soudain réelle, c'est le souvenir du rire de Gabrielle qu'elle emmenait jouer au pied de la croix. Cela, soudain, paraît valoir une existence âpre et somme toute très peu compréhensible. Le rire de sa fille aux yeux si bleus, et ses étranges cheveux blonds toujours emmêlés, fins, qui sentaient les moissons.

« Rentrons, mes pommes. Et bordez-moi au creux de mon vieux lit.

– Oh oui, rentrons. À cause du vent. »

Et le cortège de s'ébranler en froufroutant dans l'herbe froide.

Tout à coup, la plus frêle des cinq vieilles, celle qui avait cru mourir la première, lève les yeux sur la mer et la sent frémir sous la lumière de la lune, comme au jour de ses fiançailles, quand son homme l'avait emmenée au pied de la croix pour lui offrir une bague minuscule qu'elle n'allait plus quitter. Elle réalise qu'aucune parole ne sera jamais assez belle pour qu'elle raconte à ses amies l'éblouissant souvenir qui l'assaille. On allait ensevelir avec Rose quelques joies secrètes dont nul ne pourrait témoigner, jamais, les soirs d'hiver, quand serait venu le temps de rire un peu en évoquant la morte. Y a-t-il un sens à ces joies qu'on emporte dans la tombe ?

La vieille femme croise les yeux de Rose : comme sa Gabrielle lui ressemble. Il devait, oui, il devait y avoir un sens au délicat secret des joies qui meurent avec les morts. Car en dehors de ces curieux silences, inviolables, où l'âme des hommes pourrait-elle se réfugier quand la vie devient trop grossière ? Quand Gabrielle verra sa mère abandonner le monde, elle tendra sa main pour retenir et comprendre un peu l'âme de Rose qui s'en va : petite Gabrielle, qui se sentira bien seule.

Elle avait vu, un jour, la photographie d'une Gabrielle devenue jeune femme. Riante, encore plus belle qu'au temps de son enfance, assise avec une cigarette dans un escalier noir en colimaçon, son pantalon déchiré, sa camisole échancrée – trop même, sa camisole était trop échancrée. Sur ses genoux, il y avait un bien joli chat blanc, tout maigre, et entre ses jambes, un gamin quelconque qui regardait avec envie sa grosse poitrine d'Acadienne déjà pendante, déjà généreuse, comme si rien ne comptait plus que d'être généreux.

Derrière Gabrielle, la photographie montrait un mur de briques rouges, éclairé par une chaude lumière d'après-midi. Que de voyages la vieille femme avait faits rien qu'en rêvant à ce mur-là ! L'Amérique lui glaçait le sang depuis qu'elle était née. Seule l'Acadie la réconfortait, avec ses maisons de bois où l'on entre pour se saluer et se sourire les uns les autres. Ce qu'elle n'aimait pas de l'Amérique, c'était son cortège d'hommes tristes qui mouraient seuls, derrière et devant les longs murs de briques. Des hommes inutiles, geignant sans qu'on les entende le long des murs parsemés de fenêtres inutiles.

Puis soudain, cette photographie de Gabrielle, qui avait ébranlé toutes ses vieilles peurs de la ville, si bien ancrées en elle, lui semblait-il pourtant : une Gabrielle pleine de lumière, assise au cœur des misères de la ville, leur souhaitant la bienvenue on aurait dit, sans retenue ni malaise, sans l'ombre du moindre désarroi non plus. Le mur de briques près duquel l'enfant de Rose s'était assise buvait avec autant d'ardeur la chaude caresse du soleil que la foi généreuse qui irradiait de la petite Acadienne. La ville était devenue la cour bénie des enfants qui rient, des femmes qui cuisinent en riant, des hommes fous de désir de leur femme en sueur. Et ces odeurs de cuisson et ces halètements d'amour couraient le long des murs, de fenêtre en fenêtre, comme un cri ou une prière émergeant de la ville, une prière tellement dense qu'elle charmait le cœur de Dieu et qu'elle lui parlait des hommes mieux encore, peut-être, que n'y arrivait la prière ténue des petites maisons d'Acadie... qui sait ?

La Gabrielle de la photographie faisait avec le monde la même sorte de chose bénie, extrêmement bénie sans doute, qu'elle faisait déjà avec lui du haut de ses cinq ans : elle le rendait plus potelé, juste par sa manière tellement gracieuse d'aimer la triste chair des hommes, passante et pleine de chagrins cachés.

Les quatre vieilles se sont agenouillées auprès du lit de leur malade, l'entourant, pensives comme les ermites. Les paupières fanées de Rose papillotent sous la pression des larmes venues du fond de ses beaux yeux bleus. Sa grosse tête tremblote, enfouie dans l'oreiller blanc : qu'elle est belle. Elles se mettent à prier.

En entendant les prières, Rose comprend quelle sorte de grand amour s'est forgé entre ces vieux mots et elle, au fil de sa vie. Elle retrouve l'inquiétude, très lointaine et en même temps toute jeune, de ne pas encore les savoir par cœur ; puis la sérénité de sentir qu'ils sont là, bien ancrés jusqu'à la mort et prêts à surgir du fond de l'âme pour accompagner chacun des moments où les hommes accordent à la vie sa part de dignité. Oh ! si elle pouvait mourir ce soir, à l'instant, parmi les quatre têtes flétries et penchées. Que vienne rôder tout près d'elle le dernier soupir de sa vie, et que cesse toute cadence…

Mais elle entend rouler les vagues. C'est l'heure de la marée montante, heure étrange où quelque chose d'intime cherche à venir au monde, à prendre forme. Gabrielle ainsi a surgi de ses entrailles à l'heure du montant et n'a jamais cessé ensuite de surprendre Rose dans chacun de ses beaux visages marins, toujours changeants. Sa fille se forge une vie à l'image informe des marées qui montent. D'où l'inconfort. D'où le vieux malaise tissé entre elles.

Parce que hormis sa petite Acadienne nappée du sang de la naissance et hurlante, elle la revoit, rien d'autre n'a émergé d'elle au cours de toute sa vie. Seule Gabrielle lui confirme chaque jour l'étrange malaise du montant. Qu'est-ce donc qui aurait dû venir encore après cette fille ?

Tandis que la paix de la marée basse... Rose a toujours aimé l'heure tendre où la confusion du monde se retire au loin, en abandonnant ses miettes sur les plages d'Acadie. Bénie soit cette paix. Car les gens paisibles que la marée haute indispose sortent alors de leur maison pour parcourir la grève, l'œil bas, le cœur tranquille, cueilleurs de miettes. Entre leurs mains lentes, les oursins, les cailloux et les couteaux de mer abandonnent à jamais la force du glorieux monde et viennent se reposer de longues années sur le rebord des fenêtres, dans le coffre où sont rangés les jouets d'enfants. Ils s'endorment presque, partageant avec les hommes l'usure et l'émoi du passage des saisons.

Rose songe à un vieil oursin, qui avait fini par tomber en morceaux un beau matin d'octobre. « Où est-il ? » avait demandé Gabrielle qui lui donnait un baiser chaque fois qu'elle passait le seuil de la maison, comme une Juive. L'oursin avait été placé sur une tablette de bois clouée près de la porte, pas très haut, exprès pour l'enfant. « Il est ici, regarde. » Rose avait ouvert ses mains pour offrir à Gabrielle les restes de l'oursin rompu par l'âge. En passant son linge humide pour enlever la poussière, Rose avait senti la petite chose verte se briser entre ses doigts au moment où elle la soulevait. Un geste vieux de dix ans, qui précédait la naissance de sa fille, avait tout à coup pris fin.

« Je reviens ! » Gabrielle s'était élancée dehors avec la dépouille. Vive, dépeignée, trébuchante, elle avait levé très haut son bras gauche et ouvert sa menotte pour que s'éparpille le vieil oursin parmi les tiges de blé sauvage. « Attends donc ! » Mais les cheveux blonds s'en allaient sur la grève. Peut-être pour pleurer, peut-être pour se fâcher contre les choses fragiles qui se brisent.

Ce matin-là, Rose s'était imaginé que l'heure était venue pour son enfant de réfléchir à la mort, d'accueillir devant la mer l'immense solitude qui aggrave la vie des hommes lorsqu'ils songent à leur propre mort. Sa fille se fragilisait au bord de l'eau. Et même si elle avait eu envie d'aller la retrouver pour l'étreindre, Rose, presque en souriant, n'en avait rien fait. Assise dans sa berceuse au milieu de la cuisine, elle s'était sentie à ce moment-là toute proche de Gabrielle, proche comme elle ne l'avait jamais été. La mort de l'oursin leur avait accordé une petite grâce. Rose emmènerait sa fille le lendemain marcher avec elle sur la plage, à l'heure si humble de la marée basse.

« Regarde, maman ! » En broussaille, illuminée, Gabrielle avait montré à Rose un petit oursin teinté de mauve, qu'elle contemplait en se mordant les joues tant il lui semblait beau. Elle alla le déposer sur sa tablette, puis revint vers sa mère en souriant. « Tu es mouillée ! – J'ai glissé dans une flaque. » La petite s'était dévêtue en riant. Frissonnante, elle avait grimpé l'escalier qui menait à sa chambre pour s'y rhabiller. Elle était redescendue, avait ramassé par terre ses vêtements humides, et comme une bonne enfant s'en était allée les étendre au grand vent sur la galerie. Au passage, elle avait déposé un baiser sur son nouvel oursin. La mère s'était sentie seule.

« Elle est morte ! »

Les vieilles interrompent leur murmure. Est-ce que Rose a pu leur échapper comme ça, est-ce ainsi qu'on s'en va ?

« Mais non, je ne suis pas morte.

– Ouf, tu parles d'une peur ! Hi ! Ne nous recommence pas ça, hein ?… Hi, hi !… »

Elles fixent avec embarras celle qui vient de parler.

« Vous m'encombrez à présent, mes pommes. Laissez-moi seule, allez. Partez, je veux dormir. Allez prier chez vous. »

Elles se relèvent, laborieusement. Certaines d'entre elles ne tarderont pas à la rejoindre au cimetière.

« Hi, hi !…

– Tu tousses, Rose ?

– Non, non. Je ris.

– Ah… bon…

– Partez, partez mes trésors. Bon vent !

– Nous serons là demain pour te conduire au train.

– C'est ça, c'est ça. »

Et elles seront là dans quelques semaines, au train, pour l'accueillir quand elle reviendra dans sa boîte de sapin, se dit-elle. Qu'elles partent donc enfin et la laissent seule à sa nuit.

« Bonne nuit, Rose !

– Mmm… mm…

– Elle grogne ? Tu grognes, Rose ?

– Mmm… mm…

– Je crois qu'elle veut qu'on s'en aille, maintenant. »

La porte de la chambre se referme sur trois vieilles. Mais la quatrième et toute frêle se tient coite, dans l'ombre. Au bout d'un long moment, elle s'approche de sa vieille amie grivelée, pelée, et lui caresse le front.

« Je serai là aussi dans quelques semaines, pour t'accueillir dans ta belle boîte de sapin », dit-elle.

Et Rose est vaincue, subjuguée : elle ouvre les yeux et se remet à pleurer. Son amie fluette se tient droite au bord du lit, la défiant d'un sourire, l'obligeant à reconnaître, en ces dernières secondes d'amitié, la profonde justesse du pacte d'ironie et de tendresse qu'elles ont conclu l'une avec l'autre, il y a plus de soixante ans. Qu'était-ce donc, l'ironie de deux campagnardes ? Quelques bribes d'élégance, pour affronter l'espace si grand. Les vieilles granges, les champs de bleuets, les balles de foin du fenil, l'orée des bois, la frêle clôture blanche du cimetière… les lieux de leur amitié défilent, jamais Rose ne les a contemplés ainsi dans toute leur grâce, dans leur très intime singularité. Et le charme de l'éparpillement auquel elle ne cesse de succomber depuis qu'elle se meurt, auquel elle confie ses dernières heures, l'inonde à nouveau d'une étrange clarté : comme s'il était accordé au désordre, parce qu'il brouille les chemins bien foulés sans doute, d'entraîner les mourants là où se terrent les détails, les choses en retard et faibles, le sel des moindres vies.

« Va ouvrir mon tiroir, le plus haut. Prends la photo de Gabrielle et emporte-la chez toi. »

La vieille amie fait ce qu'on lui demande et enfouit sous son châle noir l'image pleine de foi de la jeune Acadienne en exil. Puis elle s'éloigne en bénissant Rose : « Bénie sois-tu, ma vieille. » Elle s'entend répondre faiblement : « Toi de même, ma belle Alice, sois bénie. » Et Alice s'en va faire une longue marche nocturne dans les champs, la première de toute sa vie. Elle redoute de pleurer tout au long.

Rose, renvoyée à la nuit, se met à traverser l'heure quelque peu suspecte qui la sépare du sommeil. Les planches de la maison craquent et le vent crie autant que la mer. Ces bruits la troublent : quelle frugalité dans les voix de son pays. Elle n'aura rien connu d'autre. Mais l'aurait-il fallu ? La vieille tremble. Elle ouvre encore les yeux et s'attarde dans la pénombre à reconnaître laquelle, de toutes les planches du mur, craque plus fort que les autres. L'une d'entre elles gémit trop fort. Peut-être essaie-t-elle de fendre, de ne plus tenir le coup.

Les chairs pendantes de Rose, bientôt putrides et poussière, s'en iront demain plus loin qu'elles ne sont jamais allées du temps de leur splendeur. Et elles s'épuiseront ainsi rien que pour embrasser cette fille de mer toute jaillie d'elle et qui la trouble, cette enfant du désordre qu'il lui faut étreindre avant de mourir. La mère ridée pense à son enfant. Elle n'a plus envie que de la retrouver, comme une grande joie qui revient de voyage. Rose s'endort en ne cessant d'entendre, jailli d'elle et mystérieux, le rire de Gabrielle.

* * *

Il s'est mis à neiger et j'en suis fort étonnée. Quel sombre désaccord entre le réel et moi. Je m'étais éveillée en pressentant au dehors une éclatante lumière. Ainsi, il y a des choses simples que j'interprète très mal, comme le temps qu'il fait, toujours changeant. Un flocon triste, hagard, achève de fondre sur ma manche. Je ne me hâte pas, je marche sans me diriger vers aucun endroit que j'aime. Gabrielle et sa mère ne m'attendent qu'à la brunante. J'ai là, devant moi jusqu'au soir, un temps lourd à occuper, à porter seule en grand secret. Rien ne me sollicite, pour l'heure, que ce malaise de ne pas savoir lire les signes du temps. Et déjà c'est assez : je sens ma vie très habitée.

Mes jambes flageolent. Du coup mes yeux scrutent le monde comme un lieu duquel peuvent jaillir les bancs de parc. Je crois qu'ils vont parvenir à m'en trouver un. Je les laisse errer au loin, je n'ai pas peur qu'ils m'abandonnent. Ils vont revenir vers moi et je saurai où mener mes pas. Mais cette angoisse d'être égarée…

Me reviennent à l'esprit, encore, ces paroles du Christ qu'il adressa à quelques pêcheurs revenant au quai après une dure journée passée au large : « Quand vous voyez le soleil se coucher dans un horizon sans nuages, vous dites : il fera beau demain. Et ainsi en est-il. Et quand vous sentez sur vos chairs le souffle glacé du nord, vous dites : il va pleuvoir bientôt. Et ainsi en est-il. » Puis il ajouta, avec son bel humour : « Comment se fait-il, mes frères, que vous sachiez lire les signes du temps, mais que vous ne sachiez pas lire les signes de la venue de Dieu ? »

En mon for intérieur, avec humour aussi, je pense que Dieu m'a désignée pour apercevoir à certaines heures ce que les autres ne voient jamais. Je suis comme Moïse à qui Dieu jadis a dit : « Cache-toi au creux de ce rocher, je ferai passer près de toi toute ma beauté ! » Et Moïse, en grand secret, vit passer tout près de lui la beauté de Dieu. Mais en contrepartie, pour marquer au fer rouge cet étrange privilège qui crépite en moi, Dieu me voile ce qu'aux autres il donne à voir : les signes du temps qui change.

Si j'avais la foi, je me réconforterais en songeant à ce qui, au fil des jours, me sépare de plus en plus gravement de mes frères les hommes. Je passerais mes jours, secrètement, à chérir cette intimité que Dieu partage avec moi. En attendant, j'erre.

Il me faut m'asseoir. J'ai trop marché peut-être. Je demande à quelqu'un : « Savez-vous où il y a un banc de parc près d'ici ? » Car je n'en vois aucun. « Oui, là-bas, c'est... » Merci. Que j'y meure donc, affaissée, pourrissante. Le voilà. Qu'il est beau, qu'il ressemble à tous ses frères les bancs de parc. Je n'ai qu'à souffler mollement sur la neige qui recouvre les planches pour la voir s'enfuir, soulevée, dispersée, confuse. Quelle grâce dans cette molle dispersion.

Un vieil homme passe devant moi, souffreteux, lorgnant les poubelles. « Hé ! Vieille Chausse ! Viens donc t'asseoir ! » Viens te remémorer un peu ton enfance à mes côtés, sur ce banc. Tu verras : elle est pleine de lumière, malgré tout ce que tu as pu en dire au cours de ta misérable vie ! Pfff... il s'éloigne, il ne m'a même pas regardée.

Les hommes sont comme moi : ils manquent de force. Même pas capables de se rebâtir une vie sur les beaux éclats de leur enfance. Certes, ils peuvent rire, boire, embrasser, pleurer et même danser. Mais habiter avec ferveur la grande lumière des premiers jours ? Ça non, ce n'est pas pour tous : ça courbe l'échine des faibles. « Va-t'en, Vieille Chausse, ouste ! Hors de ma vue pour l'heure. »

Et quelle heure est-il au fait ? Si tôt ? J'ai le temps de raconter une historiette, alors ! Qui me concerne intimement ! Moi, de même que Gabrielle, ma belle amie. On va même me permettre d'y convier l'auditoire. « Mes excuses, Chaussure, reviens par ici ! Que je t'ensorcelle avec une belle histoire de boisson et de danse, que je te parle un peu de mon Acadienne... » Ah ! Mais c'est qu'il ne revient pas ! Il s'éloigne encore, de poubelle en poubelle... par petits bonds, poc ! poc ! comme un crapaud. Enfin, ça le regarde. En mon for intérieur, je reste persuadée que mon Acadienne est plus intéressante que les poubelles. Je commence donc mon histoire, en m'imaginant qu'au moins deux ou trois personnes m'écoutent... Hum, hum ! (Je toussote pour m'éclaircir la voix.) Et hop !...

Me revient ainsi l'image d'un soir obscur où Gabrielle et moi, ayant bu chez elle un scotch fameux, qui valait très cher, souhaitions aller danser dans un endroit où vont les gens qui sont laids. « Je connais un miteux trou noir, m'a-t-elle dit, titubante. Tu verras ça, les gros corps se trémousser, suants et mous ! » Et elle m'a entraînée, charmeuse.

Nous sommes entrées bras dessus, bras dessous dans une taverne clinquante et enfumée, décorée de tout ce qui me fait rire : du linoléum, des lumières de Noël, des photographies de chanteurs westerns et des aquarelles représentant les Rocheuses, le lac Louise, le château de Banff... Nous nous sommes assises. Le cœur au repos, l'esprit calme et saoul, les yeux pétillants : deux amies heureuses. On nous a élégamment offert deux gros pichets de belle bière froide et je me suis mise à boire tout de suite, ravie. À qui donc avais-je plu si vite, parmi toutes ces peaux moites, pour qu'on m'offre ainsi à boire ? « Merci ! » ai-je crié à voix haute et sonore, debout, mon verre à la main, avant de l'avaler d'un trait. Gabrielle s'est mise à rire en m'enveloppant d'un merveilleux regard attendri. Je lui ai offert une cigarette.

De grosses poitrines dansaient un continental sur la piste, consciencieusement. Et une, deux, trois, quatre, une, deux, trois, quatre et tourne ! Et une, deux, trois, quatre, une, deux, trois, quatre et tourne ! Le sourire béat et attentif des danseuses, les bourrelets bondissants de toute cette chair chaude : je me sentais devenir toute molle, comme si on m'avait trempée dans l'huile, comme si de mes aisselles fuyait une épaisse odeur aigre-douce et riante. « Viens-tu danser ? m'a demandé l'Acadienne. – Oh non ! laisse-moi ici, tranquille dans mon coin. » Car je me sens si bien, ai-je pensé, que je ne veux rien briser de cette paix qui monte en moi, je veux juste boire ma bière et devenir une belle paire de grands yeux. Des yeux qui voient tout ! Et l'Acadienne en m'embrassant les doigts a sauté en l'air, puis s'est élancée parmi les bourrelets.

On ne voyait plus qu'elle. En tout cas moi, je ne voyais plus qu'elle. Qui riait, mais si fort, si somptueusement, que toutes les grosses masses brunes ont interrompu leurs pas, se sont trompées un peu pour l'écouter. De son bras rosé, tout potelé, si tendre qu'on a envie d'y abandonner ses lèvres, mon amie a enserré la taille d'une énorme chose ronde à gros sourcils. Et cela voulait dire en langage acadien : « Montrez-moi comment vous dansez, je ne sais pas danser ; prenez-moi dans vos bras et apprenez-moi un peu le monde, ma belle dame ronde. » Le charme a opéré, bien sûr, comme chaque fois : comment résister à tant d'amour ? J'en ai encore eu les yeux mouillés. Les corps ont enlacé mon Acadienne et se sont mis à l'aimer. La danse a repris son cours.

Soudain, j'ai senti qu'on enserrait ma nuque, dans un élan brusque et suintant. J'aime assez ces entrées en matière quelque peu maladroites, car elles me mettent en confiance. J'apprécie de moins en moins l'allure flegmatique et pleine de retenue des princes de mon enfance, c'est-à-dire des hommes qui savent s'y prendre avec les femmes. Gaiement, franchement, soyons plutôt ces gens gauches qui ignorent tout des règles de l'amour, et qui malgré cela laissent leur chair librement frissonner devant le corps d'un prochain, d'une prochaine ! Viens donc me prendre, toi l'homme rustre au parfum de houblon qui enserre ma nuque aussi sensuellement que si ç'avait été celle d'un poulet ! Et j'ai souri ce soir-là de toutes mes dents et de toute ma bonté au cow-boy à la toison noire qui se dressait fièrement derrière moi.

« C'est ta petite amie ? » a-t-il fait en riant comme un bouc et en désignant du menton Gabrielle que je suivais sur la piste, il est vrai, avec un regard d'amante. Ah... comment lui bien répondre. Comment le rassurer, surtout, mon grand Cosaque des tavernes ? « Assieds-toi donc, belle pièce d'homme qui m'offres à boire ! » Et l'homme s'est assis en bombant son gros torse, visiblement flatté par ma remarque. C'est incroyable le peu qu'il faut à certains pour se sentir réconfortés, rassérénés : un seul petit compliment, même ironique, pourvu qu'il soit adressé sans mépris aucun, et les voilà capables à nouveau d'affronter le monde. Ah, si je pouvais être telle, si je pouvais moi aussi me contenter de très peu pour me sentir heureuse et comblée d'amour.

« Mais non, ce n'est pas ma petite amie », lui ai-je dit encore. Et tout à coup ce soir-là, j'ai choisi d'être simple, extrêmement claire dans mes rapports : « Ne t'inquiète pas, nous irons faire l'amour dans les toilettes, quand nous serons pleins de bière. Je ne me sauverai pas avant que tu ne m'aies complètement étreinte. » Il avait l'air un peu intrigué, mais je souriais avec un tel feu, que j'aurais pu calmer n'importe quelle pauvre inquiétude logée au fond du cœur de mon prochain. « Bois », ai-je dit. Et moi-même je me suis remise à avaler avec émoi la belle bière mousseuse et tiède.

Ce soir-là, j'ai voulu voir un visage qui sache m'évoquer l'humanité tout entière, telle qu'elle m'apparaissait du fond de cette taverne. C'est ainsi que devaient procéder les peintres, ai-je pensé, guettant, mûrissant au fond de leur âme le trait qui soit le plus juste, le plus gravement empreint d'élégance, écartant patiemment les témoignages trop brusques et trop éphémères pour ne retenir que les plus mystérieux, ceux qui résisteront éternellement à leurs pinceaux, ceux qui les forceront toujours à peindre.

J'ai donc scruté attentivement les traits massifs de mon compagnon. J'ai clairsemé ses cheveux, gonflé son ventre, avachi ses superbes muscles, et je me suis figuré le monde sous les traits d'un homme gauche et vieillissant, mal habillé, très poilu, en train de rire nerveusement parce qu'une femme extirpe de son chemisier deux immenses seins roses. Oui, si je parvenais à surprendre l'humanité dans ses atours les plus intimes, elle aurait la maladresse embourbée de cet homme, elle ne saurait pas trop quelle attitude adopter devant ce qui est beau.

Ainsi les seins d'une femme. Un homme sensuellement accompli les contemplera en imaginant d'abord pour lui seul le fin plaisir qu'ils lui procureront. Il forcera son désir à ne pas avoir lieu trop vite, pas avant d'avoir éprouvé en lui-même toute la beauté des seins roses. Et ensuite, seulement ensuite, il accordera à la femme qui les lui tend un regard plein de gratitude. Au bout de ce regard, ils pourront enfin s'unir, sachant tous les deux que l'expérience du beau, si intime, si solitaire, doit précéder l'euphorique fusion des corps qui nous rend tous plus ou moins aveugles.

Mais mon homme poilu, lui, est un peu plus rustaud. À moitié ours, à moitié clown. Il n'y a pas à dire, je le préfère à l'autre. J'ai franchement moins peur d'être jugée par lui que par l'autre, moins peur que mes pauvres seins soient mal compris, et que ma petite manière de bouger quand je jouis puisse ne pas plaire suffisamment. Mon ours des tavernes se sent toujours un peu bêtement coupable de comprendre qu'il va s'approprier la beauté en éjaculant dessus. J'aime bien son trouble enfantin, incapable de clairement distinguer les unes des autres les émotions qui jaillissent pêle-mêle dans sa poitrine.

« J'ai fini ma bière », a dit l'homme. Bon, bon, bon, ai-je marmonné, allons-y, c'est l'heure, à la guerre comme à la guerre, vaille que vaille, et cætera ! Mais Gabrielle est revenue à la table au moment où j'allais partir vers les toilettes avec mon cow-boy.

« Oh non, pas ce soir encore ! a dit l'Acadienne avec ses beaux yeux de mer auxquels je résiste toujours très mal.

– Hé là, moucheron, la dernière fois c'était toi, rafraîchis un peu ta mémoire !

– Oui, bon, bon, m'a-t-elle concédé, languissante.

– Et puis ce soir, c'est un peu délicat, ai-je poursuivi, puisque je me suis engagée par une promesse formelle. Pas vrai, mon Cosaque ?

– Oui. »

A-t-il déclaré. Laconique, stoïque ou embarrassé : je n'aurais su dire clairement. « Bon, mais dépêche-toi, j'ai grand sommeil à présent. » Et, cigarette au bec, l'Acadienne s'est affaissée sur la table, sa main potelée refermée sur un verre de bière.

Je me suis donnée ce soir-là avec beaucoup de cœur. Profondément éprise de mes frères les ours qui traînent parmi nous, buvant du houblon dans toutes les tavernes du monde. Quel gracieux souvenir laisse en mon âme cette soirée chez les rognures ! Je voudrais mourir avec toute cette élégance en moi de pèleriner jour après jour en ce bas monde, telle une obscure rognure aux yeux tendres.

Enfin voilà, c'est tout. Gabrielle et moi sommes reparties chez elle cuver tout ce scotch et toute cette bière dorénavant réconciliés et confondus dans nos entrailles. Et sacatabi, sac-à-tabac, mon histoire finit d'en par là ! comme disent certains. Bonne petite histoire, ma foi, bonne petite histoire.

Mais ?... Le ciel change soudain : c'est la brunante. L'heure où les gens comme moi, les errants, les pèlerins, s'en vont frapper à la porte des fourmis. Toc, toc, toc ! C'est moi ! J'ai chanté tout le long du jour ! À présent il fait froid et j'ai faim !

... Et mon Acadienne ouvrira sa porte. Elle m'embrassera les joues, me donnera de quoi boire et manger. Elle me dira : « Entre, entre, je ne voudrais pas te voir passer la nuit dehors... »

*   *   *

Toc, toc, toc !... Mon Acadienne s'en vient, je la vois qui trottine dans son long corridor.

« Oui !

– Euh... c'est moi ?

– Entre ! » dit-elle d'un ton rauque et très noir.

Et elle me tourne le dos, retrottine en s'enfonçant dans la maison. Une odeur d'alcool s'est exhalée d'elle le temps de son « oui, entre ». En fait, mon Acadienne sent la vieille tonne défoncée. Elle est ivre morte. La voilà qui bute contre le cadre de porte de sa cuisine. « Viens t'asseoir ! » croasse-t-elle. Docile, j'entre dans la cuisine, espérant qu'elle m'offrira un peu de gin, et, tiens donc ? il y a déjà un petit verre sur la table, rempli à mon intention. Je m'assieds, j'avale. Et j'attends que mon Acadienne explose. Ce qui ne saurait tarder.

« La vieille chipie ! » commence-t-elle. Bonne entrée en matière : tonique ! L'Acadienne ne pourrait-elle pas me verser encore à boire ? Je lui tends mon verre et elle comprend aussitôt. Ahhh…. ! Que c'est bon. Dieu nous gâte aujourd'hui. « Vieille chipie », disait-elle. Est-ce que l'Acadienne parle de sa mère qui se meurt ? Je n'oserais pas le certifier avant qu'elle ne me le confirme, mais une sorte d'instinct me pousse à croire que oui.

« Je l'étouffe avec son turban et je la découpe en tranches !

– Hi, hi, hi !… »

Je n'ai pas pu m'empêcher, à cause du « je la découpe en tranches ». C'est le genre d'image forte qui me fait rire. Mais tout de même, je ne comprends pas ce qui se passe ici. Où caches-tu ta mère, Gabrielle ? Que je vous regarde vous embrasser, que je m'en sente tout orpheline.

« Je l'ai embarrée dans sa chambre. Je la ferai ressortir quand elle m'aura demandé pardon. Prépare-toi : nous deux, on sort en ville.

– Hein ? » fais-je en me relevant.

Il y a exagération, me semble-t-il. Et ça ne me plaît pas. Mon Acadienne quitte la pièce et court aux toilettes vomir son gin. J'entends ça. Je me dirige vers la chambre d'amis que j'occupe d'ordinaire : la vieille y est sans doute amarrée… D'une sorte d'amarres que seule la mort pourra rompre ! Hi, hi, hi ! Je me trouve vraiment très drôle. J'ai une sorte de rire nerveux au fond de la gorge, comme ça m'arrive quelquefois, un rire qui m'incite au lyrisme, aux jeux de mots qui ne font rire que moi. C'est l'idée de rencontrer une maman sans doute. Une vraie maman en chair et en os. Surtout en os, hi, hi, hi !… La porte est effectivement barrée.

J'ose gratter le bois du bout de quelques doigts : grr, grr, grr… c'est un bruit qu'on entend dans les campagnes, le bruit des souris qui rongent le bois des murs et des planchers pour venir un peu danser chez les hommes. Je recommence : grr, grr, grr... c'est un bien joli bruit, ma foi.

« Gabrielle ? »

Ouh... C'est la voix de l'Acadie profonde, je la reconnais : toutes nos racines d'anciens combattants de l'exil, toutes nos nostalgies des grands vents marins ! Une voix de terre et de sel pétris ensemble !

« Gabrielle, fripouille, ouvre la porte !

– Non ! » crie la voix filiale, de loin, du fond de la cuvette.

Il est temps que j'intervienne, à ma mesure, à ma manière. Grr, grr, grr... ma manière est pleine de retenue et de petits bruits. « Madame ? Je suis l'amie de Gabrielle ! Je suis venue vous délivrer ! » Mon humour a un petit côté « Jeanne d'Arc ». Il est d'une sorte qu'on ne rencontre pas souvent. C'est un humour qui n'existe, je crois, que tapi au fin fond des cœurs les plus délicats et les plus rares. La vieille ne me répond pas. Qu'importe : il faut la sortir de là malgré toutes les embûches ! Je cours vers les toilettes. J'y trouve Gabrielle affaissée contre la cuvette, ses jolis cheveux aplatis sur sa figure et trempant dans l'eau, comme les branches du saule pleureur au bord d'un lac. Et comme un saule, l'Acadienne pleure. Je fouille dans ses poches et trouve la clef. Puis, avec une serviette mouillée, je tamponne doucement le front de mon amie, accroupie près d'elle. Ça sent le gin, ici.

« Ma mère m'a fait une crise parce que j'ai invité mon amant à dormir à la maison, hier.

– Lequel ?

– J'ai voulu lui présenter tout à l'heure, et elle a gardé ses yeux fermés, exprès pour ne pas le voir.

– Hi, hi !... Pardon. »

L'Acadienne s'est remise à pleurer en enserrant sa cuvette. Il n'y a plus de jeune femme forte, résolue, généreuse et aimante ;

il n'y a plus d'amante. Je ne vois plus qu'une enfant, qui sera bientôt orpheline.

« Elle ne veut pas que je la prenne dans mes bras. »

Permets que je comprenne ta mère, ma Gabrielle. Quand tu nous prends dans tes bras, c'est pour nous insuffler l'audace de ressusciter d'entre les morts. Ta mère ne veut pas de ça. Il y a un temps pour chaque chose sur cette terre. Et pour ta mère, le temps de la mort est venu. Un jour, il y eut sur la terre un premier souffle de vie, vagabond. Puis soudain – je n'y comprends rien, ça m'époustoufle encore –, la vie a éclos. Et sans doute étais-tu déjà là, toi, avec quelque autre géant, attentive, mystérieuse, debout au cœur des origines du monde. Laisse ta mère se reposer loin de toi. Je veux seulement dire par là : loin de tes bras de sève. Je m'en vais la rejoindre. Tu verras comme je ne la troublerai pas, moi. Je te laisse auprès de ta cuvette.

Et je m'avance avec ma clef vers l'antre des morts. Une chandelle à la main. La porte s'ouvre et je tends ma flamme dans la pénombre pour découvrir le visage qu'on me destine. Je le pressens : cette vieille fripouille de mère décrépite va beaucoup m'aimer. Oh oui. Ma silhouette de dépouille funèbre, mon charme vétuste, mon teint d'encens, mon chic funérailles, et patata… Mon rire de macchabée, toute mon allure de croque-mort, au fond. Et je pourrais continuer, je m'en rends compte. Mon élégance trépassée. Où est-elle donc ? La seule chose que je vois, c'est que Gabrielle n'a pas pris le soin d'enlever toutes les saletés qui traînaient dans la chambre avant d'y ranger sa mère. Quel désordre ambulant, cette fille, quel cirque, quel indomptable désordre. Je bute contre le lit, elle avait déplacé le lit, la coquine, et oh… au bout de ma chandelle, je trouve enfin une vieille figure toute battue de mort.

Qui me sourit. C'est le sourire insoumis d'une belle Sauvage, et je pourrais le scruter pendant des jours et des nuits sans jamais parvenir à me l'approprier tout à fait. J'ai là, au bout de ma flamme mais qui me scrute aussi en retour (et que voit-elle ?), une étrange figure envahie d'un sourire narquois, jaunâtre et édenté, témoin mystérieux d'une grande vie.

La plupart des jeunes femmes sont touchées par la grâce de l'amour. Souvent, elles deviennent fécondes, infiniment bénies et rondes. Moi, j'ai reçu en partage les tombes et leurs troublants alentours. C'est mon lot, ma part, c'est ce qu'on m'a accordé. Pour l'instant du moins, mais cet instant se prolonge mystérieusement. Cependant, qu'on ne vienne pas me dire que, de ce fait, aucune place ne m'a été réservée au festin des vivants : cette mourante sourit, murmure et, d'entre ses dents jaunes, j'attrape le souffle précaire qu'elle échappe pour le ranger dans mon âme. J'absorbe dans mes os les plus vieilles traces de notre humanité vivante. Je cherche à la chandelle tous ceux qui s'en vont expirer. Parce que ! Fort peu de gens hormis moi savent se tenir là. À cet endroit curieux où l'on expire.

Je la salue avec précaution. « Bonjour, madame. » Elle cligne ses yeux bleus.

Je ne sais pas sous quelle impulsion je cours chercher dans mon sac le vieil enregistrement de *La jeune fille et la mort*, que je garde toujours auprès de moi. Ça, et une vie de saint François d'Assise, le premier vrai mendiant et qui en plus parlait aux oiseaux. J'allume le vieux tourne-disque et je fais jouer la musique. Elle se dégage lentement de tous les crissements qui la précèdent et que j'aime ; elle prend son plein essor, sa pleine mesure. Nous nous taisons toutes les deux. Nous écoutons la musique jusqu'au bout, dans la pénombre.

« Qu'est-ce ?

– *La jeune fille et la mort,* de Schubert. »

La vieille mère à l'agonie est toute tendue, comme offerte à chacune des notes. Elle se met à pleurer. C'est la fin du second mouvement déjà, l'aiguille de l'appareil bascule au bout de mon disque. Je ne veux pas bouger, juste contempler cette femme qui s'apprête à conquérir seule le grand large sans aucun compagnon. Elle a l'air éblouie ; l'air que j'avais, je m'en souviens, quand j'ai découvert la musique.

« Une fille dansait avec la mort ?

– Je le crois, oui. »

Une jeune fille n'en finit plus de danser, suspendue au-dessus de son dernier souffle. J'entends « merci », faiblement. Puis « maman ? ». Gabrielle se dresse dans l'embrasure, en larmes. « Viens, mon petit chat, viens dans les bras de ta mère. » Et l'enfant y court, tremblante. Je quitte sans bruit la pièce, parce que j'entends qu'elles y pleurent de bien belles larmes. Mais moi, que ferai-je de ma carcasse jusqu'à la mort ?

* * *

Rose pense à ces quelques violons qu'elle vient d'entendre et qui s'en allaient à la rencontre du grand silence de la mort. Les violons qui savaient faire cela : s'avancer vers la mort et s'arrêter juste au bord de son grand silence. Quand son mari l'avait dévêtue le soir de leurs noces, Rose avait deviné qu'un grand silence la quittait soudain. Sans comprendre sur le coup – car le temps s'écrasait contre elle et geignait fort – que l'enfance entière était cette terre silencieuse qui l'abandonnait. À présent que la mort rôde, Rose retrouve avec inquiétude le mystère de ses premiers âges. Elle se dit que la mort est une vaste vierge qui renvoie à la virginité tous les mourants, tous ceux qui s'en vont. La musique, tout à l'heure, faisait danser une vierge avec une autre, faisait se parler furtivement les deux terres silencieuses de l'âme.

Gabrielle s'est endormie entre ses cuisses encore chaudes et très ouvertes. La mère a natté d'une dernière force les fins cheveux blonds. Elle a aussi tendu un doigt vers les quelques coulisses de larmes qui persistent sur les joues rondes de son enfant. Elle n'en reverra plus les yeux bleus, il est trop tard. La mort arrive. Elle s'en vient saisir Rose dans cette posture de vivante, de mère qui vient juste d'enfanter.

L'amie de Gabrielle glisse sa pauvre tête dégarnie dans la chambre et la regarde. « Voilà donc mes derniers yeux, murmure Rose, des yeux qui consoleront ma fille… et voilà mon histoire achevée. »

La vieille Acadienne a fermé ses yeux et, le temps d'un bref moment encore, elle s'est sentie errer dans les coteaux de bleuets qui entourent l'Aldoine. Elle a entrevu la mer, et même réentendu au loin le bruit des vagues… Puis, tapie sous les branches d'un sapin telle une perdrix, vêtue en haillons, Rose a vu la musique : c'était une toute jeune fille maigre, semblable à l'amie de Gabrielle ; les mêmes yeux d'un bleu profond. Elle était venue s'asseoir en Acadie, à l'affût du bruit des vagues et du vent.

* * *

Les portes du train s'ouvrent, et me voilà faisant la révérence, chapeau de laine sur la tête, capeline d'hiver et fleur blanche à la boutonnière, à côté de ma boîte de sapin. En me redressant, je vois la mer scintiller au loin et j'ai un choc au cœur : je n'ai jamais rien contemplé de tel depuis ma pauvre naissance. J'en suis certaine, cette eau bleue au bout de mon regard modifiera la suite du cours embrouillé de mes jours. La mer me forcera à mieux jauger l'étrange noblesse de mon âme abîmée : je viens de le comprendre, en un seul coup d'œil sur la mer. Et pourtant, n'en ai-je pas vu plus que tous ces gens, des images de notre monde ? J'ai vu des Chinois, des mouffettes, des scarabées même. Et des arbres, en pleine ville ! J'ai vu des arbres, j'ai vu le fleuve, j'ai vu des poubelles. J'ai vu des étoiles, des mendiants, des chiens, des clavecins, des cigarettes, de la peau fraîche, de la peau morte. Des livres aussi. Tant et tant de choses que j'ai vues. Des cheminées, de la suie, des cendres, de la poussière... Mais je n'avais encore jamais vu cela, qui embaume le sel et qui appelle irrésistiblement ma carcasse. Qu'on enterre au plus vite cette boîte de sapin, puis qu'on me laisse me rendre là-bas, contempler la mer.

Mais... je m'aperçois qu'on ne me regarde pas très amicalement. La vieille foule qui est là ne m'est pas encore acquise, je crois. Qui es-tu ? semblez-vous me demander, tas de futurs squelettes. Eh bien, je suis l'assassin de Rose, gna, gna, gna, gna, gna... Non, non. En vérité, en vérité, je suis le bouc émissaire de Gabrielle, chargé de tous ses péchés comme il se doit, et chargé surtout d'enterrer convenablement sa mère. Vous n'êtes pas venus aux petites funérailles très intimes qui ont eu lieu avant-hier dans la grande ville ? Alors Gabrielle vous rend la pareille et boude votre enterrement champêtre. C'est ainsi que je défends sa lamentable absence. Oh oui, je sais : je ne suis pas ronde, je ne suis pas chaude, je ne suis pas jolie comme elle, mais... je ne suis qu'un bouc après tout. Où est mon Acadienne ? En exil ! Elle est restée chez elle, sous les arcades du pont Jacques-Cartier. Elle essaie de noyer sa peine en nourrissant ses chats, en arrosant ses plantes, en nettoyant les draps. Elle boit, elle fume, elle chantonne. Elle pleure, pleure, pleure. Elle invite des amis, des amants.

C'est coriace à expliquer, chers Acadiens, et peut-être inintéressant de surcroît : pour ma part, je me suis toujours plus ou moins sentie en exil de mon âme. Dans mon cas, l'exil est devenu une sorte de deuxième nature, si vous voyez ce que je veux dire. Je ne suis jamais chez moi, nulle part ; je me promène un peu partout ; je ne reviens jamais vers les miens. Je suis un peu perdue, vous en conviendrez, un peu perdue dans ce grand monde qui bouge. Et ce qui me rend triste, c'est Gabrielle. Car force m'est d'admettre qu'elle entreprend aujourd'hui même à ses dépens cet exil de l'âme dont je vous parle et dont je suis victime depuis ma naissance. Parce qu'elle déroge à ses devoirs de fille. Elle néglige d'accorder à notre maîtresse la mort un regard pâle et troublé, un regard légèrement assombri par le doute et la douleur. Ne serait-il pas temps qu'elle doute, cette orgueilleuse ? On se doit d'enterrer sa mère, il me semble : peu importe qui elle est et qui nous sommes ! Prenez moi, par exemple : je n'ai jamais su à qui était le ventre duquel j'ai surgi. Eh bien, qu'on me redonne ce ventre, qu'il trépasse, et je vous jure que j'assisterai à ses obsèques, que je serai de tous les rites, de la morgue à la fosse, amen !

Gabrielle, je te le dis : il faut se vêtir de couleurs sombres, se saupoudrer d'encens, lire des prières, se tamponner les yeux, s'inviter chez les uns et chez les autres pour partager quelques galettes, quelques tranches de pain aux cerises et un peu de thé. Il faut faire cela : courber la tête et rôder quelques jours au bord de la tombe, penser à certaines choses graves qui ne consolent pas tout de suite, mais qui réconcilient l'âme avec cette grande déchirure qu'impose la mort. Sinon, c'est l'exil. Toi qui as toujours habité ta maison, ma Gabrielle, n'en sors pas comme moi, comme une errante, avec juste ta carcasse à traîner et presque plus de vêtements chauds. Chers Acadiens, quel courage fut le vôtre d'avoir refusé l'exil de toute votre foi.

J'aimerais que quelque chose de votre foi me pénètre, quand je sauterai à bas du train et foulerai votre terre.

Je vois là, fripé, un tas de petites vieilles qui s'approchent du sapin. Elles ruissellent. Des sagouines, probablement. Quatre pommes flétries, ratatinées, somptueuses, avec de beaux cheveux bleus, gris et lilas. Elles caressent la grosse boîte, en tenant haut leur fin menton. Toutes possèdent cette petite chose qui me plaît tant chez les dames : cette élégance du menton, que j'ai en moi, oh oui, mais qui parfois défaille et me donne l'air de rien.

De grands hommes prennent en charge ma Rose ensapinée, et nous nous mettons en marche.

J'aurais voulu te guider sur la route des tombes, Gabrielle ; j'aurais voulu que tu sois là, pendue à mon bras et le grafignant de tes ongles maléfiques, tirant nerveusement mes poils blonds à force de chagrin. Si tu avais été là, tu aurais pu me remercier d'en avoir toujours su un peu plus que toi sur la mort et sur l'infini. Me remercier d'avoir sur les choses qui ressemblent à la mer une pensée un peu plus mystérieuse que la tienne ; me remercier de percer ton corps de chair avec la lumière de ce mystère-là. De quoi votre cœur est-il donc fait, vous les trop vivants, pour n'avoir pas toujours besoin comme nous de ce fragile appel vers le lointain ?

J'aurais voulu, à ma façon, te rendre la pareille, à toi qui m'as tout appris de la chair. Ne t'ai-je pas suivie partout où tu m'emmenais chez les vivants ? Ne me suis-je pas accrochée à tes jupes de cuisinière et à tes jupons de putain sitôt que je t'ai connue ? Ne me dis pas « non » du fond de ton lit souillé : tu n'as jamais eu meilleure apprentie que moi pour réapprendre peu à peu le goût des hommes. Le goût de leur sève collante partout sur ma chair d'ancienne vierge.

Je ferme le cortège qui nous mène au village. Le cercueil de Rose est devant, les vieilles le suivant de près, à petits pas. L'une d'elle trottine et trébuche, une autre trottine vite et la recueille juste avant qu'elle ne tombe et ne se brise irrémédiablement. La vie s'étire devant moi et se promène d'un joli pas sautant. Moi-même, me dis-je, de quoi aurai-je l'air à cet âge-là ? Dos recourbé, cheville fragile, barbichette revêche, crâne chauve, yeux coquins, bras folâtres et rire intermittent : hi, hi, hi, hi, hi !... Hi, hi, hi !... Hi, hi, hi !... Je serai bien, je crois. Oh oui. Cet âge-là m'ira bien.

Hi, hi, hi, hi, hi, hi ! fais-je en me recroquevillant, pour jouer. Oh ! Mais je vois qu'on me regarde, c'est un peu gênant. Allez hop ! ma jeunesse, reviens-moi ! Que je te vive entière, que je boive chacune de tes précieuses secondes qui filent trop vite, quel affreux malheur, et qui ne reviendront pas ! Un jeune homme me regarde, ravi sans doute, qu'une vieille plie se transforme ainsi, miraculeusement, en jeune femme douce et frêle... si frêle. Il s'approche et s'informe de Gabrielle : doit-on l'attendre avant d'enterrer la boîte ? « Oh non, lui dis-je, procédez en paix : elle ne viendra pas. » J'ai même été jusqu'à la gifler, le croirez-vous ? Deux grandes claques sur son visage pour la forcer à venir ici. C'est monté en moi très sauvagement, ce goût de la blesser, de l'obliger à venir aggraver sa vie, au moins une fois, au moins une heure, au bord du gouffre où nous allons larguer sa mère. Mais elle est têtue. Tout ce que j'ai gagné avec mes gifles, c'est son regard rempli d'eau qui m'a laissé au cœur un poignant remords. L'homme s'éloigne. C'est un bel homme.

Je me demande ce que tu fais en cette seconde, Gabrielle, tandis que je marche en Acadie sur une route que ta mère a dû fouler en riant au temps de son enfance, pieds nus, cheveux épars, sans même encore être troublée par ta venue lointaine.

À quoi occupes-tu tes mains chaudes, en cette seconde où j'aperçois déjà le cimetière ? Tu ne m'avais pas dit combien l'arrière-pays de l'Aldoine était beau. Ni combien la première neige de décembre me ressemblait, laissant comme elle le fait de grands pans de champs à découvert, incapable d'habiter tout l'espace. Et tu ne m'as jamais paru comme à présent si étrangère à mon âme. Au point où je me demande si nous parviendrons encore à partager quelque chose de très intime à mon retour. Comme nous le faisions avant.

Le cercueil de ta mère est à présent suspendu au-dessus de sa fosse.

Je suis heureuse, ma foi, que cette femme ne passe pas l'hiver au charnier. On a pris soin de creuser le sol en son absence, lors des tout derniers jours cléments de novembre. Les voix assemblées marmonnent dignement les prières. Mon cœur s'apaise, fidèle à ses habitudes chaque fois qu'il les entend. Je lève mes yeux au ciel en écoutant les Ave Maria qu'on enfile : je regarde le clocher de l'église blanche s'y découper, j'observe les quelques mouettes qui le traversent. La bière descend lentement, au creux des entrailles de notre mère la terre. Ç'aura été bref, chère Rose. Notre rencontre aura été brève. Ça s'est passé au temps où toi et moi cheminions parmi les hommes, où aucune de nous deux n'était déjà enfouie sous sa pierre tombale. Ça s'est passé juste avant ta mort, t'en souviens-tu ? Je t'ai contemplée au bout de ma chandelle, puis nous avons écouté de la musique ; ensuite je t'ai doucement regardée mourir, j'ai surpris ton dernier souffle. Et ce fut tout de notre histoire. J'ai attendu que ta fille s'éveille entre tes vieilles jambes. Elle t'a sauté au cou avec une telle tendresse ! Elle te serrait contre son cœur, elle pressait l'une contre l'autre vos deux poitrines tombantes, elle t'appelait dans la pénombre : « Maman, maman ». En pleurant. Elle me rejoignait chez les orphelines.

Je lis : 1909-1979. Une vie tout à fait raisonnable. Et ton père, Gabrielle ? 1910-1956. Une vie peut-être un peu moins raisonnable. N'est-ce pas étrange ? Ton père est mort quand je suis née. Toi, par contre, tu étais bien jeune encore pour le perdre. Voici que l'heure est venue pour ceux qui le désirent de lancer sur ta mère un peu de terre natale. La plus chétive des quatre vieilles tremble avec sa poignée d'Aldoine au-dessus du gouffre. Qu'auront-elles donc à nous raconter sur ta mère que nous ignorons, toi et moi ? Pinçant ses lèvres et se redressant avec une grâce que je n'oublierai jamais, la petite dame ouvre la main et abandonne son amie Rose. Ainsi ferai-je de toi, mon Acadienne. Je viendrai, pleine d'élégance au bord de ta fosse, avec mes fins cheveux d'argent coiffés en chignon. Peut-être ici même ? Oui, peut-être reviendrai-je en Acadie pour t'enterrer. On éventrera à nouveau cette même terre et on te déposera le long des flancs morts de ta mère. Et je serai là, veilleuse, pleureuse. Je veillerai sur ta tombe et sur ses alentours.

Cependant, tous se dispersent à présent le long de mes pauvres flancs maigres, et je n'ose pas assez leur rappeler ma présence, leur dire que j'ai faim. Ils s'en vont. Quelqu'un m'invitera-t-il à prendre le thé ? Non, il semblerait que non. Alors, peut-être est-ce l'heure de me rendre à la mer.

Je gagne le rivage en contournant l'église et en empruntant une espèce de sentier durci par le froid. Qu'est-ce donc que ces pleurs qui me viennent ? Qu'est-ce donc ? Je sens le sable bien tapé sous mes pas, je vois des récifs plaqués de glace au loin, et quelques mouettes encore qui traînent dans l'espace. Le bruit des vagues m'accompagne, et j'ignore si une autre cadence m'a jamais si profondément accompagnée. Je laisse mes bras pendre le long de mes flancs et je m'arrête, tournée vers l'eau.

Je revois soudain quelques noires nuits d'errance dans la ville, qu'il m'a bien fallu vivre seule, car je ne connaissais pas encore mon Acadienne à cette époque : leur souvenir m'étourdit, j'ai peur de m'effondrer sur la grève. Ces portes closes, partout, sans aucun tapis nulle part pour m'allonger comme un chien. Et ces marches fragiles jusqu'à l'aurore, loin de toute cadence fraternelle. Nuits de misère : y a-t-il un autre mot que la misère pour vous évoquer avec justesse ? Pour rappeler à ma peau combien j'ai eu peur de vous traverser ? Où que je porte mes pas sur la terre, jamais je ne vous oublierai, longues nuits. Et même, je garderai dans ma mémoire le chemin qui mène à vos bals tristes. Vous avez fait ployer mon corps. Vous m'avez fait souvent marcher dans la cour des bannis, souvent choir près des gens qui vont seuls.

Et à présent, je suis tant pétrie de vous que j'ai peine à contempler la mer sans vouloir m'y glisser pour mourir. Pour devenir, mais divinement, ce que j'ai toujours cru être : une carcasse mais flottante, un ventre mais traversé d'eau, une mémoire mais noyée, une enfance mais froide. Je délace mes bottines. Ce face-à-face avec la mer est plus poétique que je ne le pensais, en ce sens que je n'ai jamais si bien vu mon âme ; et sa vue m'est insoutenable. Mon âme est détruite. J'arrive de trop loin et d'une terre trop fragile pour la recommencer. Dois-je mourir seule ? Est-ce l'heure de céder ? Était-ce cela, l'appel de l'infini en moi ? Céder à la mort…

Ou dois-je rassembler les dernières miettes de ma foi et rappeler quelque joie lointaine, venue de l'enfance, afin qu'elle me retienne auprès des hommes ? À la vérité, je ne sais pas bien, pour l'heure, si j'ai la force qu'il faut pour mettre fin à l'exil de ma joie. Se pourrait-il que la joie revienne me saisir ici, roulée par les vagues dans la blanche lumière de décembre ?

Le goût de la mort se retire de moi, lentement. J'ai failli partir au loin, mais à présent je crois qu'il me faut relacer mes bottines. Ça trottine à ma gauche. La petite vieille à la poignée de terre s'en vient vers moi : on dirait presque une enfant sur le rivage, désordonnée, sans rythme, envahie de grosses bourrasques. Que cette femme est belle !

« Je ne veux pas vous déranger », me dit-elle, gracieuse. Je lui souris, elle reprend son petit souffle. Vous ne me dérangez pas du tout, si vous saviez ! Il était temps, tout de même, que quelque chose me distraie un peu de mon âme, car elle vient de m'en faire voir de belles, je vous le garantis.

« Vous êtes une amie de Gabrielle ?

– Oui.

– C'est bien. Elle va bien ?

– Euh… c'est-à-dire, je pense qu'elle a beaucoup de chagrin.

– Oui, oui, oui, je voulais dire : avant la mort de Rose, elle se portait bien, Gabrielle ? »

La question me trouble soudain. La sorte de vie que nous menons toutes les deux, hagarde, décousue, peut-elle vraiment combler Gabrielle malgré sa chair fraîche ? Je ne sais plus. Je ne sais pas si ma Gabrielle va bien. Mais je réponds quelque chose de plus doux.

« Je crois qu'elle se porte bien, madame.

– Je m'appelle Alice.

– Ah…. »

Je me sens un peu timide, je crois.

« Tu sais quoi ? me dit Alice. J'ai là avec moi une bien belle photo de Gabrielle, et j'aimerais savoir si elle a beaucoup changé. Tu vas pouvoir me dire ça, hein ? Tu sais qu'il y a bien dix ans qu'on ne l'a vue ici ? Mais tout le monde continue de penser à elle, tu pourras lui dire ça. On ne l'oublie pas, notre chouette. »

Et Alice me montre une photographie que j'ai prise de Gabrielle il y a bien quatre ans, déjà. C'était derrière l'appartement qu'elle louait à cette époque, peu après que nous avions fait connaissance, elle et moi. Je me souviens de l'escalier noir en colimaçon et du chaton blanc que je traînais partout. Je me souviens aussi de ce petit garçon qui me trouvait si laide à cause de mon crâne presque dégarni. Juste avant que je prenne la photographie, il avait crié « tu es laide ! » et Gabrielle l'avait giflé à toute volée. Il s'était mis à pleurer entre ses jambes tandis qu'elle s'allumait tranquillement une cigarette et commençait à la fumer. Puis elle avait dit : « Bon, c'est assez ! Souris, chenapan, et je te laisse la terminer comme un petit homme. » Le beau sourire alors dont l'enfant avait gratifié la femme de sa vie ! Puis dont il avait gratifié les gros seins de la femme de sa vie : clic ! Oh oui ! l'Acadienne ressemble encore à tout ça.

« Elle n'a pas du tout changé.

– Bon. Je suis contente. Est-ce qu'elle a un petit amoureux, dis-moi ?

– Ou… oui, oui.

– Il est gentil, j'espère ?

– Oui, oui. Gentils, gentils.

– Ah, c'est bien, ça. Et toi, tu en as un aussi, un petit ami ?

– Euh, non.

– Ah ? Pas encore ? Tu brises encore les cœurs ? me dit-elle, malicieuse, en agrippant mon menton. Regarde, poursuit-elle, regarde cette bague que je porte. Eh bien, c'est la bague que mon mari m'a offerte pour nos fiançailles. Nous nous sommes fiancés là-haut, au pied de cette croix blanche qu'on aperçoit sur le coteau. »

Je vois en effet une modeste croix de bois, blanche mais dont la peinture s'écaille, si mes yeux ne me trompent pas. Alice tourne son regard vers le large et le laisse s'y perdre un

91

moment. Je ne la dérange pas, je ne bouge pas d'un cil. Puis elle revient vers moi avec un beau sourire.

« Nous sommes venus t'inviter à prendre une collation. Vois-tu ? C'est la petite maison blanche au bord de l'eau. Mon mari et moi, nous voulions notre maison près de la grève, pour venir y marcher. »

Et toutes les larmes que je retenais encore se mettent à couler soudain, je n'y peux rien.

« Qu'as-tu, ma petite ?

– C'est comme ça, c'est comme ça, que je lui dis en pleurant. C'est comme ça chaque fois qu'on m'accueille. C'est un chagrin de joie. »

Et je m'effondre sur le rivage.

« Oh là là ! le gros chagrin ! dit Alice en tapotant ma capine. Mais c'est l'hiver, on est mieux dans une maison. Viens, viens, viens, on va aller se réchauffer. Quel est ton nom, dis-moi ?

– Hélène.

– Hélène, répète-t-elle. Tu sais que j'ai failli m'appeler comme ça moi aussi ? Puis mon père a dit : "Non, Alice, c'est mieux pour elle." Mais moi, il me semble qu'Hélène, ç'aurait été très beau aussi, non ? »

Je me laisse entraîner par elle, par tout ce qu'elle raconte. Vraiment, il faut que je me rende jusqu'à cet âge-là, pour dire des choses aussi charmantes, pour trottiner sur les rivages, pour pincer la joue des fillettes de vingt à soixante ans. Pour baptiser les roses. J'ai l'impression qu'elle vient de me baptiser.

« Ah bien donc ! Qui est-ce que tu nous ramènes là de la grève ? » s'écrie un grand homme en se levant, sitôt que nous entrons chez Alice.

Il y a là au moins une vingtaine de personnes, perchées dans tous les coins de la grande pièce.

« C'est l'amie de Gabrielle, c'est Hélène que je nous ramène, dit Alice.

– Bien, en parlant du loup, nous dit l'homme, devinez qui est-ce qui vient juste de nous arriver par l'autobus du soir, et qu'on est allé chercher au cimetière ? »

Et mon Acadienne vient se placer devant moi, les bras ouverts ! Tout rechavire encore en mon pauvre cœur. Que je suis contente de n'être pas morte, de vivre en cette belle seconde, d'avoir dit à la mort de s'en aller dormir au bout du monde, tout au bout de mon chemin. Je presse ma tendre amie contre moi ; toute sa belle chair chaude que je bénis contre mon cœur. Dieu, ou les grands géants du ciel, ou les petits lutins de l'océan, des champs et des forêts m'ont vraiment aimée en me l'accordant, elle. En la plaçant sur ma route comme une grande joie. Et moi qui me demandais si j'étais assez vaste pour accueillir la joie.

Je suis vaste comme le monde, infinie comme la joie !

L'enfant qui s'en va

« Salut, monsieur Jean ! Content de vous revoir ! »
Et le vieillard leva les yeux vers l'homme qui l'avait reconnu de loin et le saluait. La journée serait donc bonne. S'entendre ainsi héler par une voix amicale réjouissait les cœurs malades. « En tout cas, le mien », pensa Jean. Et un frisson de joie parcourut sa vieille chair.

Il n'y avait pas lieu pour autant de se mettre à pleurer, comme cela lui arrivait de plus en plus souvent. Il fallait simplement hâter un brin la cadence, rejoindre la voix chaude dans les jardins et s'asseoir sur un des bancs de bois qu'à cette heure réchauffait déjà le franc soleil d'août. Malgré cela, il dut s'assécher les yeux du revers de la manche, chasser les larmes qui venaient d'en surgir encore. « Voilà que je pleure tout le temps, comme une fille, ça me fait honte. »

« Ça va, monsieur ? » Une belle fille brune, de vingt printemps guère plus, le touchait au bras et s'inquiétait de lui. « Grr... », fit-il entendre. Et il la vit continuer son chemin en haussant les épaules, étonnée. Jamais Jean n'avait su bien leur parler. Celle-là portait des culottes vert tendre, courtes. Et des jambes comme les siennes, lisses et chaussées de sandales, devaient sûrement aimer danser et courir partout, à travers les rues enchevêtrées de la ville. L'enfant portait aussi une chemisette blanche bordée de petites fleurs rouges, il avait vu ça. Même qu'on l'entrevoyait, elle, discrètement, sous sa chemisette. Et tout cela qu'elle était dessous le coton faisait chavirer le cœur de Jean. Il imagina la longue fille brune saluer un garçon juste avant que l'orchestre ne s'enflamme, et aussitôt il sentit monter dans ses joues la courte chaleur d'une ancienne danse. Puis revenir sur lui comme un grand souffle son long siècle de solitude. « Si Dieu m'avait fait moins laid, j'aurais dansé plus souvent. Avec des filles brunes. »

Il y avait bien longtemps que la honte de sa grande laideur n'était pas revenue l'envahir. « J'étais bien sans elle », pensa Jean et, pour s'en distraire, s'en secouer un peu, il se fit à lui-même un brin de causette. « Que fais-tu aujourd'hui, mon grand crapaud ? Où vas-tu donc porter tes vieux pas ? – Ah bien là, c'est comme d'habitude : je m'en vais m'asseoir un peu dans les jardins de la cathédrale, regarder les artisans travailler, les gens qui passent. » Il lui semblait pourtant entendre encore la honte rire sous cape, juste derrière lui. Mais en vieillissant, Jean avait cru remarquer qu'elle ne riait plus aussi fort qu'autrefois ni aussi méchamment. « Comme elle m'a fait souffrir. » Et Jean revoyait avec peine défiler ses vingt ans, ses trente ans, du haut de son corps de géant, du bout de ses grands pieds et par tous les poils qui lui poussaient dans les oreilles. Lui, avec son grand visage, large comme la pleine lune. « Jean-de-la-Lune », disait doucement sa mère. « Pauvre mère », murmura-t-il. Le corps de Jean voulut ployer.

« Ça va, monsieur Jean ? » Cette fois, ils étaient deux pour veiller sur lui, de loin. Leur nez entre les grillages de fer forgé, le potier de tout à l'heure, un brave homme, de même qu'un faiseur de chandelles attendaient que le vieux se remette en marche. « Il faut les saluer », pensa Jean, avant qu'ils ne déboulent la côte à sa rencontre et, quoi ? lui offrent peut-être le bras pour la remonter ? Ah ! Et Jean les salua tous deux en levant haut vers le ciel sa fidèle canne en bois de cerisier, cadeau de feu son grand-père le capitaine, même qu'il accrocha au passage une grosse branche de lilas dont quelques feuilles lui retombèrent sur la casquette.

Les grandes jambes de Jean voulaient se tordre à chaque pas, mais sa bonne canne était là qui les guettait, les traîtresses. Elle n'allait certes pas permettre que Jean s'enfarge et s'effondre ici, dans sa rue Desjardins. Car il la connaissait, cette rue : depuis près de cent ans qu'il l'arpentait de haut en bas, de bas en haut, la quittant et la retrouvant sans cesse pour entrer et sortir des jardins de la cathédrale Holy Trinity. On s'enfarge quand on veut trop se presser. Ou quand on a les idées larges. Admettons qu'il aurait eu la drôle d'idée de descendre marcher sur la place Royale, en empruntant l'escalier Casse-Cou : là, oui, opina Jean, de débouler jusqu'en bas aurait eu un certain bon sens. Ou bien donc : si la fille brune en chemisette l'avait rencontré soixante-dix ans plus tôt et s'était mise à l'aimer, tel qu'il était, avec sa grosse tête, sans vouloir la lui raboter rien qu'un petit peu… Ça c'était une grande idée, une idée large qui pouvait faire trébucher un homme.

« Venez vous asseoir, monsieur Jean, venez donc. » Le potier, sans plus de façon, lui avait enserré la taille pour le soutenir jusqu'au banc, tant le vieillard paraissait épuisé. Jean l'avait laissé faire, et à travers le voile gris qui s'emparait soudain du jour, il crut que l'enfant brune l'accompagnait à la danse, qu'elle était coiffée à l'ancienne mode et que lui, il portait un élégant chapeau noir. « Joseph ! Viens m'aider ! Il tombe, il tombe ! » Mais Jean se reprit. Il se redressa encore. « Juste m'asseoir… fumer ma pipe… » Et on l'installa sur un banc. Le bon potier prit place à ses côtés.

« Qu'est-ce qui vous arrive, vous, cet été ? Êtes-vous en train de tomber malade ? » Jean ne répondit pas, il gardait un peu silence. Devant lui s'alignaient la douzaine de petits kiosques, plantés là chaque année par les artisans. On trouvait chez eux des châles de laine, de la poterie, du cuir, des foulards de soie. « Du bel ouvrage », répétait-il souvent aux voyageurs des quatre coins du monde qui venaient s'asseoir pour souffler un peu sur le même banc que lui. Qu'il avait aimé partager le banc de mille voyageurs ! Et regarder cligner leurs yeux réjouis, faire « oui, oui » et « non, non » de la tête quand il ne les comprenait pas.

Mais ces images tranquilles des meilleurs étés de sa vie avaient l'air de s'estomper aujourd'hui. Où était-il en train de s'en aller, si les abords de sa vieille cathédrale ne le rassuraient plus comme hier ? Si lui, Jean, perdait le sentiment d'habiter ces beaux jardins comme on habite sa meilleure maison ? « Y a de l'air qui me passe partout. Des petits souffles dans mon cou, je sens ça », chuchota-t-il enfin.

Le potier Simon regarda Jean porter à sa bouche la longue pipe noire qu'il aimait tant. Mais il la portait à sa bouche en tremblant, le regard lointain. « J'aime ça fumer, moi, monsieur ! Si vous saviez comme j'aime ça ! C'est comme ma veilleuse, ma pipe. Le soir, je l'allume dans ma chambre, et ça me fait une petite lumière. » C'est avec ces mots-là que Jean s'était présenté à lui, vingt ans plus tôt. Lui, Simon, qui fumait la cigarette à cette époque, et le géant qui était déjà vieux. Fallait-il que tout s'achève en un seul petit matin ? Que les vieux gestes entêtés s'arrêtent, à bout de force… Simon appuya ses coudes sur ses genoux, et il regarda ses mains ouvertes qui ne tenaient rien.

À ses côtés, Jean vagabondait, sans trop s'en rendre compte et sans savoir pourquoi, vers la maison de ses parents, rue Hébert, où il était né et où il avait grandi. « Ça fait bien trente ans que je ne m'y suis pas rendu, que je n'ai pas traîné mes vieux souliers jusqu'à sa porte », songea-t-il. La petite maison était située à l'autre bout de la ville et à l'autre bout du siècle. Elle était la gardienne d'un âge tendre où Jean séparait le beau du laid, mais sans deviner déjà lequel des deux camps deviendrait un jour le sien. Sa trop grande taille et son visage trop rond : tout ça restait à venir encore.

Il se rappela soudain la chambre étroite où il dormait, enfant, à la hauteur du trottoir. C'est de là que, par la fenêtre, il avait regardé passer les souliers de la ville. Ceux du livreur de glace, ceux de son cheval aussi, parce que de loin on entendait ses fers cliqueter sur le pavé. Ceux des étudiants du Séminaire, se brisant la semelle dans les trous d'eau et contre les cailloux. Ceux de sa mère, toujours raffinés et délicats, comme tenus à l'écart des peines de leur vie. Comme s'il était bon qu'une certaine grâce du monde ne cède pas tout à fait à la boue ni à la poussière des jours. Et, tôt le matin, Jean voyait descendre tous ensemble les souliers des travailleurs qui gagnaient le port par les côtes Dambourgès et de la Canoterie. Tandis qu'à la fin du jour, ces mêmes souliers s'éparpillaient et rentraient seuls au logis. Sans plus aucune cadence.

« J'ai des petits souffles dans le cou, sentez-vous ça, vous ?

– C'est une brise tiède qui passe. Ça fait du bien, vous ne trouvez pas ? » dit Simon.

Oui, peut-être cette maison-là de la rue Hébert fut-elle intimement celle que Jean habita le mieux. Mais tous les abris suivants ? Jean revoyait des lits et des chambres grises. Pas une maison ensuite dont il aurait pu dire à un ami : « C'est chez moi, bienvenue chez moi. » Jean se tourna vers le clocher de sa cathédrale avec une sorte d'effroi dans le corps : sa vie de pauvre hère, promenée d'un alentour à un autre alentour, toujours à l'affût d'un beau jardin ou d'un parc inondé de soleil... vers où aller la vivre à présent, et allait-elle s'achever aujourd'hui ?

Ses yeux cherchèrent une minuscule maison, rue Desjardins, située juste dans le tournant, avant de croiser la rue du Parloir. Une maison qui existait depuis bien avant lui, et que masquaient presque les deux grandes demeures qui la jouxtaient. Du banc où il était assis, on ne pouvait pas la voir : elle se dissimulait, cachée dans la pierre. C'est là qu'habitaient un concierge de l'école des Ursulines et sa fille. Jean pensait : n'était-ce pas bien, la vie discrète qu'il menait, cet homme ? Ouvrir chaque matin la porte derrière sa maison – une porte dont presque toute la ville ignore l'existence – et accéder à son jardin caché. Puis se rendre au bout de son jardin et ouvrir une seconde porte, de bois celle-là et peinte en rouge, pour traverser le mur de pierre qui entoure la belle cour des sœurs Ursulines. Et se retrouver là chaque matin, au cœur le plus intime de la vieille ville, sans que personne s'en soit aperçu ; y commencer sa journée d'ouvrage. Rentrer le soir par le même chemin.

Mais Jean, lui, avait vu ça, les allures en retrait du père et de sa fille : il les avait surprises par les hautes fenêtres de sa maison de chambres, sise à l'autre bout de la cour des sœurs. Il avait même vu l'enfant le jour où, enfin vêtue de son gentil costume d'écolière, elle avait glissé sa main dans celle de son père pour franchir avec lui la porte rouge de leur petit jardin.

Jean tourna ses prunelles d'errant remplies de larmes vers le potier qui se troubla soudain et qui se leva en lui disant : « Je vais vous raccompagner chez vous tout à l'heure. » Puis il regagna son kiosque.

Jean fut seul. Maintes fois dans sa vie, la solitude n'avait été bonne qu'à conduire le cœur de Jean vers l'absence, et à

l'y laisser trop longtemps. Où avait-il mis sa réserve de tabac ?
Il fouillait les poches de sa veste sans la retrouver, il cherchait
des yeux quelqu'un qui lui vienne en aide. Sa pipe éteinte glissa
de sa bouche et tomba. Il eut peur, comme un homme pris en
défaut avec toute sa vie exposée là, autour de lui : sa canne,
sa pipe égarée dans l'herbe, sa veste, son tabac, son visage
grand comme la lune, sa très vieille peau plissée. Il pencha son
torse et s'agenouilla lentement. Des deux mains, il balaya
l'herbe fraîche jusqu'à ce qu'il attrape le tuyau de sa bonne pipe.
Puis il se rassit sur le banc et s'y tint courbé, immobile.

Une Chinoise s'approchait de lui, souriante, à petits pas.
« Une femme qui vient de loin », se dit-il, et il essaya d'imaginer
le visage qu'elle avait autrefois, à trois ou quatre ans guère
plus : il vit une fillette assise dans le panier d'une bicyclette
noire, tournant sa tête à gauche et à droite pour tout voir du
spectacle qu'offrait la rue. La femme grimpa sur le banc auprès
de lui, et s'étant examinée ainsi à ses côtés, toute minuscule,
elle se mit à rire comme une enfant, en renvoyant sa tête vers
l'arrière, en battant l'air de ses jambes qui ne touchaient pas
le sol. Puis entre ses menottes, elle saisit le visage de Jean et
le pencha vers le sien, vers le fin fond de ses yeux à elle, déjà
un peu fatigués par les rides. Et elle lui dit d'une voix fluette,
à trois reprises, avec un vaste sourire : « *Nice face ! Oh ! Nice
face ! Nice face !* » Elle regagna le sol et salua Jean en courbant
son corps de naine, les mains jointes. Il la vit s'éloigner au bout
de l'allée, là d'où l'on voit le fleuve, jusqu'à ce que la foule
des passants l'avale.

Le vieillard se leva, surpris par une infinie faiblesse,
mystérieuse. Peut-être y avait-il une chose qu'il aurait fallu
faire, jadis, pour aujourd'hui moins craindre de mourir égaré
sur un banc de bois. Une bataille à engager, et à gagner, pour
conquérir l'envie de bâtir une maison et même d'y inviter une

femme à venir l'habiter. Une femme de Chine, qui sache lire le fond des cœurs. Avec trois petits mentons, des yeux bridés, et une verrue sur le bout de son nez rond : Jean l'aurait aimée. Mais il aurait fallu se battre à vingt ans, et à cet âge-là, Jean tenait déjà sa face de lune toute voilée entre ses mains. Il se mit à marcher vers la petite femme qui avait disparu.

Lorsqu'il passa devant le kiosque de Simon, son ami se fâcha un peu.

« Où allez-vous, là, monsieur Jean ? Vous n'avez pas pris votre canne !

– Voir le fleuve... juste le voir un peu... ça fait des années... »

Et quand Jean découvrit soudain le fleuve immense qui coulait devant lui, et qui brillait dans la belle lumière d'août, il revit son père et sa mère qui l'avaient emmené là déjà, naguère, il y avait de cela un siècle. Chacun d'eux tenant une main de leur petit enfant blond. Il trembla. Puis s'écroula par terre dans un grand bruit de géant.

Mes funérailles

Du temps de mon vivant, à l'époque de ma splendeur, quand j'écartais un peu les jambes pour fumer une cigarette, quand je redressais mon buste qui malgré tout tombait élégamment par-devant moi, je me plaisais déjà à dire combien la nostalgie et le regret rendaient les hommes chers à mon cœur. Sans nostalgie, une sorte de prétention s'installe dans la pensée, une sorte de dureté envahit le corps. J'ai trouvé très regrettable le fait de m'incarner en ce monde et d'y faire mes pas à une époque singulièrement prétentieuse ; une époque convaincue que la nostalgie est un masque encombrant qui protège les faibles et dont il faut se débarrasser si l'on veut un jour, enfin, embrasser le temps comme on embrasse un chien, c'est-à-dire l'embrasser en laissant monter en soi une émotion insignifiante qui meurt presque sitôt qu'elle advient, et qui n'a eu besoin d'aucune étoile, d'aucun mage ni d'aucun berger pour préparer sa venue.

À moins que je dise cela par coquetterie et qu'au fond j'aie bien aimé mon époque, justement parce que moi, qui ne suis pas prétentieuse, j'y brillais par contraste, tel un mourant soleil orangé, nostalgique.

Le fait est que j'aime la faiblesse. Parce que sans elle, nous ne pourrions pas nous apitoyer sur notre pauvre sort de mortels. Nous ne pourrions pas verser de larmes sur les écarts et les fausses notes de notre passé lamentable. Sans la faiblesse, nous n'aurions pas eu l'élégance d'inventer la nostalgie. Et l'humanité, je le crois très sincèrement, aurait du coup été privée de l'une de ses plus belles roses. Un homme qui marche seul en regrettant sa jeunesse envolée est une sorte de rose : il embellit dans sa mémoire les restes en poussière d'un ancien amour ; il attendrit la pointe de ses propres épines, qui naguère transperçaient les cœurs ; le temps passe et il se pardonne à peu près tout. À présent, la belle rose est un peu fanée, elle est plus charmante qu'autrefois : ses pétales se détachent à la moindre brise et ses épines aussi.

Du temps de mon vivant, je fus la grande défenderesse de la nostalgie. Je fus la femme en chapeau noir à belles plumes qui marchait, tourmentée, au bord des falaises. Lourdement maquillée, avec un rouge à lèvres couleur terre et sang, de l'ombre sur mes joues, j'écoutais la musique des bals où je me rendais ; je n'ai jamais su danser, mais j'étais heureuse de me trouver là, parmi les gens qui dansent et boivent sur des airs jazzés où perçait la voix nostalgique du violon. À toute heure, je m'asseyais dans les bars, dans les cafés, prêtant l'oreille aux histoires qu'on racontait dans mes alentours costumés. Mes cils étaient recouverts d'une épaisse poussière collante, semblable à celle qui recouvre le dos velu des papillons de nuit. Je fus une femme-chat, élégante, qui s'encrassait les poumons avec l'horrible fumée blanche de ses longs cigares et s'enrouait la voix à force de trop boire. Je fus une femme-spectacle, un grand théâtre orné de dorures et de riches rideaux de velours rouge.

À l'époque de ma chair tendre, quand j'étais ivre et seule dans un bar, je pensais souvent à saint François d'Assise et j'étais nostalgique : je n'étais pas arrivée, moi, à vivre les seins au vent, en chantant des chansons à mon frère le soleil. Je n'étais plus toute nue et magnifique comme le lis des champs dont on parle dans l'Évangile. « Le lis, mieux vêtu que ne l'a jamais été le roi Salomon ! » Le lis fragile, qui pousse au hasard, qui meurt au hasard, qu'on découvre au hasard du chemin avec un doux émoi.

Et je sirotais mon gros rouge en l'imaginant, lui, assis à mes côtés : sa soutane en lambeaux humides, sa petite tonsure, ses frères oiseaux piaillant et voltigeant autour de lui. Je me le figurais portant des lunettes rondes, derrière lesquelles il ouvrait ses grands yeux éblouis : les lunettes qui surgissaient là, inopinées sur le nez de saint François, n'étaient dues j'en conviens qu'à l'alcool. Car l'alcool folâtrait gaiement dans ma cervelle, lui inspirant d'étranges choses : c'est ainsi qu'après avoir vidé le verre de scotch que je lui avais offert, saint François ouvrait les bras et se mettait à rire ! Il riait de grand cœur, car il accueillait en lui pour la première fois son frère l'alcool. Et il lui composait impromptu, comme ça, au coin de la table, une petite prière chantante que ses frères les oiseaux reprenaient à l'unisson. C'était beau.

Ensuite, il me demandait mon bâton de rouge à lèvres. Subjugué, il le faisait glisser sur ses lèvres à lui, terriblement gercées par la mendicité, puis il me regardait, tout attendri, avec sa grande bouche de clown. Je le dis à qui voudra l'entendre : François est le seul homme qui, de mon vivant, m'ait bouleversée si fort. À cause de ses grands yeux qui avaient l'air de me dire : « Allons, allons, elle n'est pas loin, ton âme de lis ! Je la vois bien, moi, sous tes chapeaux, tes longs foulards !… Un jour, tu aimeras quelqu'un et tu quitteras pour lui tous tes vêtements ! » Et c'est comme si je redevenais une enfant promise à l'amour, le temps d'un verre avec saint François.

Mais les comédies ne sont pas éternelles. Masque bas, on tire sa révérence, le cœur serré. Mes numéros, mon tour de piste : tout prit fin il y a quatre jours. Car alors, j'ai trépassé, comme on dit.

Une brève maladie me dessécha puis m'emmena vagabonder à l'envers du monde. Et juste avant que cela n'arrive, les derniers jours, je me souviens d'avoir eu peur, c'est tout. Aucune autre pensée que la peur, rien. Il n'y eut que moi, mon nom, mon âme abandonnée, dérivant n'importe où mais vers la mort.

… Et la mort est silencieuse. Même les mots que je dis sont des mots silencieux, que seuls entendent les morts. D'ailleurs, moi aussi j'entends les morts, puisque me voilà parmi eux. Leurs pas suspendus qui ne se déposent jamais, leur souffle qui est comme le chant d'un oiseau triste quand s'en vient la nuit après un grand jour triomphant. Je ne suis plus qu'une ombre, je n'ai jamais été aussi fragile ni diaphane : mais c'est sous cette forme désormais que les choses vont m'atteindre, et il se peut qu'elles m'atteignent bien mieux qu'autrefois.

Néanmoins je me demande : ai-je aimé ? À l'époque où je vivais encore, ai-je aimé quelqu'un ? Je ne veux pas qu'on m'enterre déjà. Je suis morte : qu'au moins la mort m'apaise et me dise si quelqu'un m'avait choisie, là-bas, jadis, chez les vivants ! Je suis morte : qu'au moins la mort me change en amour, en eau de rivière, en sable, en pain ; qu'elle fasse de moi un éternel silence ; qu'elle me jette dans le corps de la plus belle des femmes, qu'elle m'en chasse et me jette dans celui de la plus laide ; qu'elle me déchire et me transforme en violon ; qu'elle me réduise jusqu'à l'infime puis m'éparpille ; qu'elle remplace le soleil par la lune, la lune par mon âme et mon âme-lune par le soleil ! Je suis morte : qu'au moins la mort m'éblouisse !

… Voilà qu'on m'emmène. Je suis soulevée. Emmenée de mon néant vers les hommes qui vivent encore…

Quelqu'un parle. Les gens écoutent. À travers le vent noir, il me semble entrevoir où je suis. Puis plus rien. Je ne vois et n'entends que par bribes. Au début, au commencement, la mort ne fut qu'un grand vide. Mais voilà qu'elle se transforme et m'extirpe de son vent noir pour m'emmener rôder parmi les vivants.

Les gens écoutent. Pourrais-je entendre ? Il me semble qu'on parle de moi : on désire m'accorder le repos. Le désir monte et gonfle. Il envahit toute l'église ; et voilà que j'entends ! On parle d'une brebis perdue. Est-ce moi, est-ce moi la petite chose perdue dans les montagnes, dans le désert ? J'entends : « Si un homme possède cent brebis et que l'une d'elles vienne à s'égarer, ne va-t-il pas laisser les quatre-vingt-dix-neuf autres sur les montagnes pour s'en aller à la recherche de l'égarée ? Et s'il parvient à la retrouver, en vérité je vous le dis, il tire d'elle plus de joie que des quatre-vingt-dix-neuf autres qui ne se sont pas égarées. » Mon cœur de brebis morte se serre comme si j'étais encore vivante.

Je sens quelqu'un pleurer près de mon ombre. Des larmes libres et tristes qui n'en finissent pas. Mais je ne vois pas le visage qui les pleure.

Les gens se déplacent. Parvenus au seuil de l'église, quand on ouvre les grandes portes, ils clignent des yeux, je le sens, parce que la lumière est vive et qu'elle les éblouit. Nous marchons. Moi je marche derrière une frêle silhouette courbée, tordue par le chagrin.

Et m'y voilà rendue. Je sens dans mon dos la terre froide qui m'appelle en bas, ma sœur la terre froide. Quand on m'aura descendue, j'attendrai un peu que les gens d'en haut se dispersent et recommencent à marcher sans moi parmi les vivants, j'attendrai un peu pour ne pas appartenir encore à ce qui va suivre, j'attendrai qu'on me recouvre de terre froide. Puis je céderai, il faudra bien que je cède à l'éternité.

Mais pas encore ! Faites que cette frêle silhouette derrière laquelle j'ai marché, je la reconnaisse et l'emporte avec moi, infiniment. Je sais, à présent, qu'elle fut ma compagne. Je sais qu'elle fut à moi, qu'elle fut la mienne, tous les jours et toutes les nuits des derniers ans de ma vie. Je sais que ma vie près d'elle fut belle et infinie. Anne, tu ressembles à la mort parce qu'elle est comme toi, parce qu'elle dure toujours. Je sais, maintenant, que je t'ai fuie. Durant mon agonie, je me suis détournée de toi. À cause de la mort que je ne voulais pas affronter. Je t'ai fait mal, Anne. Quand j'ai eu peur, tellement peur de mourir, j'ai fermé les yeux et je ne les ai plus jamais plongés dans les tiens. Tes yeux sont verts, je les retrouve, ils sont verts comme les aiguilles de sapin. J'ai rêvé en regardant tes yeux verts à toutes nos forêts profondes où l'on s'égare, où l'on découvre des rivières glacées qui courent, glissent et tournoient entre les arbres, nos forêts où se cachent des hiboux, des chouettes et des perdrix. Dans tes yeux verts, j'ai marché comme dans une forêt infinie où je n'en finissais plus de me perdre et de me retrouver, une forêt où toi, petite chouette, tu n'arrêtais pas d'apparaître et de disparaître, puis d'apparaître encore. Et je nous vois, en quête l'une de l'autre, enfouies dans la forêt de tes yeux verts.

Anne, je la vois à présent. Elle pleure. Elle se brise en deux au bord de ma tombe, je vois son doux visage. Sa mère est là qui la presse contre elle. Anne est toute petite, elle disparaît entre les grands bras de sa mère, comme entre les miens autrefois. Elle ne veut pas qu'on enterre sa compagne, elle n'est pas prête, elle veut qu'on attende quelques mois encore, elle n'est pas raisonnable. S'il n'y avait personne autour de nous, elle ouvrirait mon cercueil et m'embrasserait. Ma petite Anne : pleure longtemps, très longtemps, ma bien-aimée. Puis apaise-toi. Et reviens me voir au printemps prochain avec quelques fleurs.

Viens me surprendre au cœur de mon grand silence. J'entendrai ton pas léger, juste en haut de moi, je te verrai t'asseoir dans l'herbe et appuyer ton beau front sur la pierre en pensant à moi, les mains ouvertes. Anne, je te vois désormais comme je t'ai vue la toute première fois : c'est le même éblouissement, la même éternité. J'emporte avec moi dans la mort le seul récit de notre rencontre. Qu'on m'enfouisse désormais sous la terre froide.

* * *

Anne était ma compagne. Je l'avais trouvée dans un champ de bleuets. C'était en août, près d'une grange abandonnée au bord de la mer, en Gaspésie.

Tôt ce matin-là, nous nous étions dispersés le long de la falaise. Il faisait beau. Certains n'avaient pas voulu s'éloigner trop de la maison, nous les avions laissés dans notre dos : ils s'étaient sans doute arrêtés devant les premières taches bleues rencontrées, ils s'étaient agenouillés puis mis à cueillir. D'autres, comme moi, avaient eu envie de marcher.

Nous avions emprunté l'étroit sentier qui menait à la mer. Avec nos longs bâtons de pèlerins, nous avions traversé des champs jaunes et des ruisseaux glacés, déjà chargés de feuilles et de branches mortes. Il y avait des bleuets partout : le long des clôtures et des anciens chemins creusés d'ornières, près des boisés d'épinettes avant que la forêt ne s'épaississe trop. Nous ne parlions pas, ou à peine. À cause des bruits de l'herbe sèche bourrassée par le vent et de nos bons souliers contre la terre durcie. Je crois que chacun de nous souhaitait n'entendre auprès de lui que ces bruits-là, peut-être à cause de la vieille émotion enfantine qui s'attache à eux et qui nous étreignait le cœur : cette joie de marcher à l'air libre, avec un bâton pour marquer la cadence.

Nous avions été invités par un vieux couple de mes amis qui habitait depuis vingt ans une grande maison de pêcheur et qui chaque année nous accueillait, moi et d'autres, rarement les mêmes, au temps des bleuets. Anne était parmi nous pour la première fois, je ne la connaissais pas. Je ne l'avais à peu près pas remarquée la veille, à notre arrivée. Un petit écureuil roux aux grands yeux, qui devait aimer les hommes. J'avais pensé : voilà une bien belle enfant, toute blanche. Et c'est tout. Pour l'heure, elle sautillait avec son bâton, devant nous. Sa tresse rousse la frappait à la chute des reins, pas après pas.

Tandis que je marchais en observant sa vive allure de bête sauvage, je sentais trembler mes os. Comme s'ils allaient enfin toucher la mer, comme s'ils devinaient ma mort à venir, là, dans quelques années à peine, ma mort et l'extrême légèreté d'aller sans chair. Tandis que ma chair, elle, frissonnait. Comme si elle pressentait avant ma mort son embrasement avec une autre chair, avant ma mort un amour infini qui fait brûler la chair.

Peu à peu, notre groupe s'est étiolé. Chacun s'isolant à sa guise. Nous étions venus ici pour nous retrouver seul à seul avec les bleuets. Pour à nouveau éprouver cette solitude heureuse de la cueillette, qui n'a rien à voir avec la secrète tristesse du temps passé devant la mer.

Et je repensais à mon enfance, quand on m'envoyait cueillir dans les champs à quatre ans, à cinq ans, avec un grand panier à remplir, et que je cueillais du matin jusqu'au soir, entourée d'abeilles parmi les framboises, de frimas et de feuilles sèches parmi les bleuets. Le temps était une framboise, un bleuet, une fraise, une mûre. Le soir, je rentrais chez moi les mains pleines de fruits : on me félicitait, on m'embrassait, on faisait cuire ma précieuse récolte et on me parlait de l'hiver en souriant. Quand je cueillais mes fruits, j'étais pleine de joie.

Il est étrange que la joie ne m'ait pas suffi ; étrange qu'il m'ait fallu un jour laisser mon grand panier à l'abandon, le laisser là et que s'en régalent les oiseaux et les fourmis, le quitter pour m'en aller marcher au bord de l'eau. Les pauvres cœurs d'enfants sont de petites choses fragiles : que la mer s'élève et les appelle, et ils consentent à tout quitter pour elle. J'ai fait cela, moi, quitter ma joie, mes fruits, tout quitter en pleine enfance pour voir d'un peu plus près la mer et découvrir ma mort à venir entre ses grandes vagues.

Un jour, quand j'étais enfant, je m'étais adossée à un rocher, face à la mer. J'avais croisé mes bras et attendu qu'une vague vienne se briser sur moi, en éclatant, en ouvrant ses flancs sur les miens. Je n'avais pas cillé quand je l'avais vue venir : à peine un tressaillement au fond des replis de mon ventre. Une onde écrasante venue du large s'était mise en route vers moi ; jusqu'à ce que l'eau et l'infini éclatent sur ma poitrine dans un grand bruit.

Devant mes bleuets, je repensais à cela : à ces mystérieux instants de mon enfance où la mer m'avait saisie et ne m'avait plus quittée.

Anne était loin de moi, au bout du champ. Je ne voyais que sa tête, penchée sur les fruits. Soudain, le vent a soufflé du large, si fort que je me suis accrochée aux arbustes. Anne, elle, fut jetée par terre, et j'ai ri en la voyant rouler. Elle est restée comme ça, couchée sur le ventre puis sur le dos. Mais le vent avait relâché sa lourde tresse, et de longues mèches rousses et châtaigne s'en échappaient en brillant dans le grand soleil d'automne. Je me suis relevée et j'ai marché vers elle, de mon beau pas libre.

Je me suis arrêtée devant son panier, presque vide encore. Les os de ses doigts étaient minuscules. Et je ne distinguais rien de sa pauvre poitrine, enfouie sous les couches de laine chaude.

Le teint d'Anne est clair comme l'aube infiniment lente des plus longs jours de l'été, quand tout s'attarde, quand la rosée ne veut pas quitter les feuilles basses et l'herbe tendre, quand elle ne veut pas s'envoler et mourir.

En voyant mes grandes bottes se planter dans l'herbe froide, Anne, curieuse, a relevé vers le ciel son museau, sa petite truffe blanche et rousselée. Assise par terre, elle souriait. Je sais qu'aucun trouble ne l'envahissait encore. Je lui ai tendu la main et elle, gracieuse comme une bécassine, s'est d'abord dressé sur ses genoux, ce qui n'est pas grand-chose, ce qui n'est pas très grand. Ensuite, elle a pris ma main pour me rejoindre près du ciel et des grands vents, là d'où l'on pouvait voir scintiller la mer.

Mais j'allais emmener Anne un peu plus loin. Je ne voulais pas qu'elle et moi restions là des heures, envahies par l'eau et figées, à ne rien nous dire, à ne pas nous toucher. Je l'ai poussée doucement avec ma hanche pour l'entraîner ailleurs. Je voulais qu'elle se mette à aimer mes grands yeux marins, car ils en avaient assez de vieillir en solitaires et de pleurer, de s'attarder aux choses tristes et tendres : le temps était venu de rire et d'aimer, leur semblait-il. J'ai pris mes grands doigts, fins comme l'avoine, et je les ai déposés sous les cheveux d'Anne, dans son cou de bécassine. Sitôt qu'elle a senti ma main sur son corps, elle a tressailli. Puis elle m'a regardée.

Les yeux d'Anne sont les yeux de toutes les bêtes à poil qui hantent nos campagnes, nos caboches d'enfants.

Autrefois, enfant, je marchais sur des aiguilles de pin et des cocottes, dans une forêt où j'étais un peu perdue, quand un frou-frou soudain m'a effrayée. C'était une biche qui secouait ses oreilles, à deux pas de moi : et dans ses yeux de biche brillaient déjà les yeux d'Anne. Un autre jour, je m'étais enfuie de la maison en pleurant parce qu'on m'avait fait de la peine, je m'étais cachée dans les herbes hautes d'un champ, quand un hic-hic soudain m'a saisie. C'était un raton-laveur qui lavait sa pommette dans une flaque, à deux pas de moi : et dans ses yeux de raton, brillaient déjà les yeux d'Anne. Un autre jour enfin, toute jeune encore mais avec de légers seins piquants déjà, je marchais au bord de la route, mes mains dans les poches, quand le clop-clop d'une grande jument brune m'a surprise. Elle s'en venait par derrière moi, elle s'est arrêtée pour souffler dans mon cou avec ses grands naseaux bruns : et dans ses yeux de jument brillaient déjà les doux yeux d'Anne. J'ai ramené la belle jument perdue à l'écurie en la tenant par son licol brisé, en l'enjôlant avec l'herbe fleurie que je cueillais au fil du chemin.

Et Anne eut beau hésiter, elle eut beau s'affoler sans comprendre tout ce qui nous arrivait, je l'entraînais vers la vieille grange abandonnée. J'avais entouré ses épaules de mon bras, ferme et solide comme un bouleau.

La grange, tout affaissée, allait bientôt mourir. Encore quelques hivers, quelques grandes tempêtes d'automne et la mort viendrait rôder entre les vieilles planches, elle irait sommeiller sous les vieilles poutres du toit branlant. La mort, qui parle aussi aux granges, murmurerait à celle-là que l'heure était presque venue de mettre les voiles. D'offrir à l'infini sa vieille âme de grange brisée et de mourir.

Mais d'ici là, d'ici que survienne la mort, le temps allait s'étirer un peu : combien d'hivers encore, devait se demander la grange. Et elle se remémorait le vent glacial de l'hiver, la nuit, quand la forêt d'épinettes craquait comme du bois qui flambe et que les hommes dormaient dans leurs maisons chaudes. Puis elle laissait monter dans ses planches le poignant regret des heureux jours d'antan : les premiers printemps, les premiers enfants cachés dans son grenier, la pluie chaude, les bleuets, la première fenêtre qui se brise ; les deux loups amaigris qui avaient gratté la terre, sous la porte, pour se glisser chez elle et se pelotonner dans un coin sombre avant qu'on ne les trouve, transis, haletants, et qu'on ne les abatte... leur sang sur la terre gelée... Il y avait tant et tant de choses gravées dans son âme de vieille grange.

Un jour, on allait entendre une plainte, un long craquement dans la campagne. La grange s'agenouillerait, puis s'effondrerait enfin.

J'avais adossé Anne à l'un des vieux murs de bois noueux, celui qui s'élevait près de la forêt et qui n'avait jamais vu la mer. Un vieux mur plein d'ombre pour l'heure. Mais avec le midi, il s'illuminerait et tendrait au brûlant soleil ses vieux nœuds, ses clous, ses très longues rides. Nous frissonnions. Il ne faisait bon qu'à la lumière vive. À nos pieds, une herbe à demi gelée. J'aurais pu la dévêtir, là même, dans le froid. L'allonger dans l'herbe rêche et m'avancer en elle avec ma grande main noueuse. Cela aurait pu se passer dans l'ombre.

Elle se tenait toute droite, les mains croisées derrière elle, sa tête appuyée sur les planches : elle guettait, fouillait mes gestes, elle attendait mon signal. Ma petite captive. Et j'ai eu envie qu'elle se donne à moi, mais en pleine lumière. Que rien d'elle, quand je l'aurais dévêtue, ne reste dans l'ombre. Que ni elle ni moi ne puissions nous réfugier nulle part, si ce n'est dans la chair l'une de l'autre. Mes yeux se mirent à piquer, je me suis mise à pleurer. En pleine lumière d'automne, quelque part dans la campagne, une gamine rousse aux seins menus allait me prendre. Qu'elle m'enlace et me caresse jusqu'en mes plus fins mystères, et j'aurais envie de renaître mais pour elle seule, et de tout recommencer sans jamais plus m'enfarger dans le désespoir et la trop grande solitude. Anne, qui m'épiait, a vu mes larmes et sitôt s'est approchée de moi pour les essuyer, de sa joue d'enfant. Elle a glissé sa main dans la mienne et nous sommes parties marcher dans les grands champs presque sauvages.

Elle avait l'allure d'une alouette, en tout cas d'une chose faite pour monter au ciel d'un seul et bel élan. Et malgré mes seins lourds, il me semblait devenir une alouette à mon tour. Nous avons enjambé la clôture d'un pré où sans doute venaient brouter à l'occasion quelques vaches, quelques moutons. Au beau milieu poussait un arbre rabougri. Dès qu'il le vit de près, mon cœur l'aima. L'écorce fripée, le tronc courbé, les branches tordues : toute ma silhouette à moi les soirs de grand chagrin quand je buvais seule avant de connaître Anne, tout mon charme de vieille sorcière rabougrie. J'ai entraîné mon amie, ma compagne auprès du vieil arbre et là, entre les racines qui perçaient la terre, nous nous sommes agenouillées puis embrassées.

J'étais tombée bien bas dans ma pauvre vie, bien bas. J'avais marché parmi les raclures de chou, les pelures d'oignon, les crachats. J'avais dormi partout, comme un vieux chien qui a perdu son maître et qui erre, la queue entre les jambes. Adossée à mon arbre, avec ma petite Anne presque nue entre mes bras, je regardais au loin la mer, dont on n'apercevait qu'une fine ligne turquoise par-dessus les champs. Je me souvenais des éblouissements de mon enfance : ces heures d'émoi passées sous le soleil, à rire parce qu'il fait chaud et que rien ne bouge, rien ne change ; puis soudain tout change et c'est le soir, la lumière s'endeuille, s'en va. Et il faut bien admettre alors, en penchant la tête comme les tournesols dans la pénombre, admettre que la mort est toute proche et qu'elle n'en finit plus, soir après soir, de glisser sa main blanche et bleutée, toute pâle, dans les nôtres. Dans nos mains d'enfants encore chaudes des grandes caresses étales du soleil.

J'ai toujours eu peur de la mort, depuis l'enfance. D'aussi loin que je me souvienne, j'ai voulu la fuir. Avec de longs foulards, de somptueux chapeaux ! Je ne voulais pas me mettre à aimer. Et cela, pour faire de ma mort une mort anodine. Une mort à la sauvette qu'aucun vivant ne pleure. Une mort aussi légère que la mort d'une hirondelle soudain vaincue par le ciel infini et qui rabat ses ailes, qui tombe, tombe et tombe du ciel jusqu'à la rivière aux eaux vives et de là jusqu'à la mer aux eaux bleues dont le sel se chargera de dissoudre la pauvre carcasse.

Anne s'est allongée par terre, devant moi, pour que je la dévête entièrement et la livre à mes jeux de grand désir. Je l'ai regardée. J'ai vu sa petite main gratter la terre froide. Alors j'ai déposé la mienne, toute chaude, sur le bas de son ventre, bien près des chairs que j'allais fendre. J'ai immobilisé d'une seule main mon alouette au ras de la terre, de l'autre j'ai caressé ses cheveux, et j'ai senti fondre en moi cette peur de la mort qui m'accompagnait depuis l'enfance.

Je ne veux plus mourir comme les chiens galopant dans la tempête et qu'on retrouve près des poubelles au printemps. J'entends surgir d'Anne un cri heurté, un cri ému, car je l'ai prise avec ma grande main, là, au creux de son ventre. Elle s'agrippe à mon bras, à mes chairs molles, avec dans ses yeux cet affolement de bête sauvage. Que je guide sa main jusqu'en mes secrets, jusqu'au fond de la peau déjà vieillie de mon ventre : pour qu'Anne me prenne au cœur de mon enfance, juste avant que je ne me mette à fuir la mort en courant comme un chien. Par les yeux d'Anne et par sa peau, par son cœur battant la chamade, la vie me gagne, me serre doucement la gorge. Et les seins d'Anne, que je touche en cet instant, sont purs et fermes comme l'éblouissante enfance.

Je ne mourrai jamais. Ma fuite, mon errance : tout cela s'achève aux pieds d'Anne. Je resterai auprès de mon alouette aussi longtemps qu'en mes os et qu'en ma chair frissonnera la vie.

Les seins de ma mère

Elle avait des seins de porcelaine, et toujours un peu tristes à cause de ce creux, tellement beau, juste en haut du mamelon. Je m'en souviens : qu'elle rie, joue du piano ou s'occupe avec grâce des rosiers que lui avait offerts son père ; qu'elle prenne un long bain chaud et moussant, en appuyant sa tête sur le bord de la baignoire et en laissant pendre au dehors ses longs bras blancs dans un geste puis une pose pleine d'abandon, pleine de jeunesse encore et d'une lassitude invitante, ses seins creux et doux n'en répandaient pas moins autour d'elle une étrange gravité, une étrange intimité avec les grands déserts, avec le manque. Avec la mort. Ma mère. Et ses seins tristes, menus comme les hirondelles.

Où est-elle passée à présent ? Qui donc chez les morts peut voir comme je les ai vus les grands morceaux de chair qu'il lui aurait fallu pour être ronde ? Les morceaux de chair dont j'ai contemplé l'absence sur les seins de ma mère. Durant toute mon enfance.

Où dort-elle, ma mère, ce soir ? Où a-t-elle dormi hier ? Dans une maisonnette de bois haut perchée, suspendue, le corps enfoui dans la paille neuve ? En plein fleuve, à même l'eau forte du fleuve, éparpillée soudain puis rassemblée soudain au cœur de l'eau froide, à son gré, à sa seule convenance désormais ? Le triste plaisir sauvage des morts, qui s'en vont dormir où ils le veulent, où ils ne se sentent ni captifs ni trop aimés. Les morts qui passent et glissent, parce que tout leur plaisir triste est là : dans cet infini passage.

Je peux songer ainsi à ma mère morte sans relâche, tant partout, partout, je retrouve la trace de ses maigres chairs ; tant la terre m'est devenue depuis l'enfance un endroit peuplé de chairs manquantes. Les seins de ma mère ont façonné mon beau regard. Il me semble ne bien voir en ce bas monde que cela : l'absence des chairs, l'absence, partout.

Enfant pourtant, je ne rêvais que de grosses poitrines blanches et rondes, que de hanches larges et molles, que de bons rires gras et bienveillants. Car cela me rassurait beaucoup. Je m'émerveillais de tout ce qui était trop gros comme… comme de cette femme qui s'apprête à gravir l'escalier, là, tout en bas. Enfant, rien ne me calmait autant qu'une grosse femme qui parle fort, les mains sur ses hanches, qui éclate de rire ou simplement qui passe près de moi, près de mes os maigres et négligeables. Cette femme-là, que je vais croiser dans l'escalier de bois, m'aurait fait un bien énorme si je l'avais croisée au temps de ma maigre enfance.

Il y a un caillou dans ma sandale. Il en suffit d'un, médiocre mais le moindrement tranchant, pour que ma mère morte aux tristes seins s'éloigne un peu et fasse place aux vivants. Je dois m'asseoir, retirer ma sandale et enlever le caillou. Quel âge peut avoir la grosse femme qui monte en peinant comme un escargot ? Elle porte un fichu presque blanc. Sans très bien voir, sans pouvoir rien affirmer malgré l'envie que j'en ai, il me semble que ce sont de fins cheveux clairs qui sortent du fichu. Je souhaite ardemment qu'elle ressemble à une bonne Hollandaise. Je veux dire : à une femme dont on est convaincu qu'elle pétrit chaque jour son pain, nourrit ses vingt poules et baratte son propre beurre. Une vraie femme, au sens très intime où je l'entends. Ce qui veut dire : une dont on ne remet pas en cause l'existence ; l'existence avec son flot d'odeurs, de flétrissures, de lait, de rides. Une femme, qui au fil des années enfle comme une baleine, et gifle ou borde ses enfants dans un seul et même geste grave. Et gras. Une femme, qui de son pas lourd cadence chaque saison, chaque année, jusqu'à ce que survienne la mort. Et grâce à elle, la mort est moins imprévisible, moins inattendue. On l'a sentie venir puis sévir, à mesure qu'enflaient et s'amollissaient les chairs, à mesure que s'attendrissait enfin le visage, couvert de gris et de duvet.

L'air de la soirée est simple. Il est chargé d'odeurs simples comme celle à peine salée du fleuve et comme celle aussi des premières herbes du printemps. Il est secoué par les bourrasques. Mais ce sont de toutes petites bourrasques : elles ne menacent pas vraiment ce qui dans l'air est simple et doux, ce soir. J'aime beaucoup porter mes sandales en mai. Je sais qu'il ne fait pas encore assez chaud pour les tenues légères, mais qu'à cela ne tienne : j'aime que tout me pénètre quand je viens marcher sur la haute terrasse de bois qui surplombe le fleuve, surtout quand j'y viens en mai. Le moindre de mes pas me donne des frissons. Ma tête est sans chapeau, mes pieds vont nus dans mes sandales ouvertes, ma jupe s'envole souvent, elle se soulève par-devant moi et derrière, au gré des souffles. Et ainsi il me semble que tout va arriver, enfin. Tout va m'arriver à moi, tant je suis offerte, tant plus rien ne me dissimule, tant rien ne me prive ni du vent, ni du froid, ni du fleuve, ni de la lumière, ni de la joie, ni des morts, ni des souvenirs, ni de tout ce qui n'est pas encore né au fond de moi.

J'emporte toujours dans mes promenades la vieille veste de laine de ma grand-mère. Cette veste-là passe ses hivers dans un grand coffre en bois d'érable. Quand la neige a fondu, j'ouvre le coffre et déplie la veste, ma vieille complice de mai. Chaque année, je retrouve dans la laine grise, et surtout là où s'appuient nos aisselles, l'odeur de ma grand-mère qui est morte quand j'avais dix ans et dans cette veste. Ma grand-mère a très bien fait les choses du temps de son vivant. Elle menait fort bien sa barque. N'empêche : elle qui avait des seins à ne plus savoir qu'en faire a complètement négligé d'en transmettre à sa fille, et à travers sa fille de m'en transmettre à moi. Je n'ai rien. Il n'y a rien, là, presque rien par-devant moi. Aucune chair ronde, rien. À peine une petite butte dont on peut mordre la pointe si on en a envie, une pointe de chair rose qu'on peut pétrir comme un petit morceau de pâte et qu'on peut abîmer entre les doigts, à force de tirer dessus pour que la chair apparaisse. Pour que la chair survienne enfin.

Les quelques hommes qui ont eu accès à mes blancs trésors ont étreint des chairs absentes, ont étreint des os de neige entre leurs bras. Je n'ai rien aimé autant qu'être enveloppée par la chair chaude des hommes. Être ouverte comme on ouvre une huître : difficilement, avec une lame. Sentir que j'ai mal et qu'il me manque des chairs et que j'ai trop d'os, saillants, pointus, trop d'os et pas assez de chair pour accueillir un homme en moi. Et aimer cela, qu'un homme se risque quand même à jouir entre mes os coupants, là, au fin fond de mes entrailles pointues, là, dans mon ventre d'os. Puis qu'il s'affaisse, se repose sur ma poitrine d'os. J'aime cela.

Mais cela n'arrive guère. Cela devient très rare, plus le temps passe. De moins en moins d'hommes m'observent puis viennent jouir en moi. Et leur chair me manque. Quant à l'idée qu'un homme, un seul, s'arrête devant ma maison, franchisse mon seuil et n'ait envie que de moi, paquet d'os, que de moi nuit après nuit jusqu'à la mort lointaine, elle dépasse mon entendement de l'espoir.

J'en veux un peu à ma grand-mère d'avoir gardé pour elle ses grosses chairs heureuses et tendres. Et plus intimement, d'une manière plus cruciale, j'en veux à ma mère de n'en avoir pas voulu à la sienne, et d'avoir traversé sa vie avec volupté tout comme si elle avait eu de grosses chairs, elle qui n'en avait pas. Ma mère, je crois, aurait coupé sa propre chair si elle avait senti naître sur son corps les rondeurs de sa mère. Elle aimait la retenue de son corps, elle aimait voir le temps passer sur ses chairs comme s'il n'y passait pas. Et au-delà de tout, ma mère voyait dans ses chairs manquantes la clef d'un inépuisable désir : on aurait toujours envie d'elle, envie des chairs introuvées, inconnues qui flottent là, autour d'elle. Ma mère se moquait un peu des gros seins de sa mère, de ses rides et de sa vieille peau blanche, grise et bleue. Elle se moquait aussi de moi, de sa fille désertique. De moi que le manque blessait et blesse encore, et dont les chairs fondent au lieu de naître.

Je vais croiser ma brave Hollandaise. Elle arrive au sommet, me sourit. « Bonjour grosses joues, gros ventre essoufflé ! » Dommage de ne pas pouvoir l'aborder ainsi et lui dire à quoi elle me fait songer. Car je m'étais à peine trompée : cela, toute cette allure-là, éreintée mais cadencée, couverte de lourdes étoffes ; cela, avec son beau teint clair et ses joues rosées par l'effort, ses yeux tranquilles comme les yeux des doux moutons ; cela ressemble à la belle laitière du tableau de Vermeer de Delft. C'est le tableau que je préfère entre tous, il va sans dire. L'homme qui l'a peint m'a devinée à travers les âges, moi, petite âme toute tendue vers la rondeur. Il n'a pas peint que pour moi, bien sûr. Je ne traverse pas ma vie dans l'illusion qu'un grand peintre a saisi le secret de ma plus inquiète solitude, puis imaginé avec ses pinceaux comment l'immortaliser. N'empêche : que de solitude en moi quand je m'asseyais devant la laitière. Une vraie solitude d'enfant, avec des déserts pour s'y perdre et des oasis surgies on ne sait comment, au beau milieu du sable ; une vraie solitude, à cause de cette peine constante au cœur et de cette lumière au loin dont on ne sait rien, dont on ne sait pas s'il s'agit de l'espoir et s'il faut avancer, ou s'il s'agit de la mort et qu'il faut avancer. Il y avait une reproduction du beau tableau chez ma grand-mère. Je m'asseyais devant, les bras serrés autour de mes genoux. Dans la pièce voisine, j'entendais rire ma grand-mère qui raclait de gros chaudrons avec une cuiller ou qui tranchait des échalotes. Rien ne me manquait, rien du tout : je le sentais dans mes petits os. Et en même temps, tout me manquait : je le sentais dans mes petits os.

La Hollandaise est venue s'asseoir sur le banc de bois, en haut de l'escalier. Elle s'est assise à mes côtés. Nous sommes là, elle grosse comme un ours, et moi qui ne pèse pas plus lourd qu'un brin de paille, qu'une hirondelle, qu'un renard aux abois après le dur hiver. Je l'entends reprendre son souffle, lentement. Par petits coups de poitrine. Pourtant, l'escalier n'est pas si abrupt ni si long. Moi je fonce dedans à toute allure, été comme hiver, à la montée comme à la descente, j'y bondis comme une chèvre dans les montagnes ! Je suis maigre ! Mais elle, ce n'est pas une chèvre, oh non : c'est presque un éléphant, une vieille montagne arrondie. Ça va lentement, lentement, ça ne bondit pas. Mais chaque fois que ça se repose dans mes alentours, ça fait renaître la joie dans mes cornes et mes sabots de chèvre, dans mon poil, mes pis et mon cœur de chèvre. Cette fois encore, la joie revient. Je ne sais pas trop d'où elle revient, mystère, mais elle revient : elle s'étire dans mon cœur et me donne envie de courir au fleuve. Devant le fleuve, je verrai ma mère s'arracher aux vagues et à l'écume, s'avancer vers moi et toucher mes seins maigres en les bénissant. Puis elle s'en retournera au large, pleine de grâce, en me laissant derrière elle avec ma chair enfin bénie. J'appuie ma main sur l'épaule de ma

Hollandaise, pour la saluer, et je me relève. Le ciel est devenu turquoise, tandis que l'eau ressemble à un long saphir : bientôt ce sera la nuit, la lune est haute depuis déjà longtemps et je vois briller quelques grosses étoiles. La dame s'est relevée elle aussi. Elle m'adresse un petit signe de tête, nous nous sourions l'une l'autre de nos sourires enfantins, puis elle s'éloigne dans la ville. Moi je descends l'escalier.

Je suis convoquée en bas des marches par toute mon enfance. Étrange qu'un même geste, toujours repris – descendre ces marches pour me rendre au fleuve –, puisse d'un soir à l'autre porter tant de choses en lui. Qu'un soir il porte toute ma joie et le lendemain toute ma peine. Et que certains grands soirs, comme ce soir, il porte ma joie et ma peine en même temps. C'est étrange, mais quand même : je suis contente de m'en remettre à ma promenade au fleuve, de tout confier aux mains d'un seul et même grand geste qui vieillira et mourra avec moi, ce geste d'aller saluer le fleuve, presque chaque soir. J'aime beaucoup la pudeur, le secret des habitudes. Ce sont elles qui semblent le moins mystérieuses, mes habitudes. Alors qu'en fait elles cachent et cadencent mes plus beaux mystères. Je n'ai pas toujours l'envie ni la force de crier quand j'ai trop mal, ou de danser partout quand la joie me revient : à d'autres que moi, aux peintres, la grâce d'inventer un geste pour chaque mouvement du cœur, un geste si singulier qu'on ne pourra jamais le transformer en habitude. Moi je marche au bord du fleuve. En cela, je suis pudique, je suis la fille de ma mère.

À quoi pensait-elle, d'heure en heure, en taillant ses rosiers ? Je l'ignore. Et de saison en saison, derrière toute son élégance, sa fine élégance, à quoi songeait-elle ? De quoi son cœur en grand secret s'inquiétait-il si fort ? Je ne l'ai jamais su. Elle s'agenouillait par terre et souriait avec élégance. Elle dévoilait une épaule blanche au soleil, et l'ébauche d'un sein triste. Elle ne dédaignait pas qu'on la regarde, elle toute pâle parmi ses roses. Et tous l'observaient, rêveurs, charmés par ce secret qu'elle retenait au fond de ses entrailles. Elle ne m'invitait pas auprès de ses roses, là où battait son cœur à l'abri de tout. Elle me maintenait à l'écart.

Le fleuve est beau, m'y voici rendue. Que de force, là en bas du cap, dans l'eau. Plus mes saisons passent, plus le fleuve est beau. J'ai toujours cru intimement que je mourrais très tard, bien après mes cent ans. Mais en dépit de ce siècle qui me sépare de ma tombe, je n'y peux rien, je sens la mort s'avancer vers moi, toute en grâce. Et rien ne me chavire plus que l'intimité de la mort et de la beauté. C'est ce qui fait que j'ai la gorge nouée chaque soir, ici même. Plus j'avance sur mon chemin, plus cela devient clair : la grande beauté du monde avant que l'on ne meure.

Des confins de l'eau sombre, à l'horizon, me revient un étrange morceau d'enfance. C'est ma mère, immobile comme l'est une biche surprise dans les bois avant de s'enfuir. C'est ma mère, laissant un homme ouvrir délicatement son fin chemisier de dentelle. Ma mère, assise sur le lit blanc, son beau regard tout entier levé vers l'homme. Elle sourit un peu, tandis qu'avec ses doigts, lui, debout, caresse lentement le plus triste de ses seins, le plus sauvage et le plus petit. Ma mère est sur le point de s'offrir en tremblant.

Moi je suis sa fille de trente années passées, et je voudrais fuir sur le dos d'une vague et partir, mais ailleurs et surtout pas vers mon enfance. À cause de cette angoisse qu'on m'abandonne encore. Seulement ce n'est qu'un rêve, j'ai suffisamment marché dans ma vie pour le comprendre : cet ailleurs absous de toute trace d'enfance, il n'existe nulle part. Sauf si je me donnais la mort. Et je le pourrais. Enjamber l'élégante balustrade de fer forgé et me jeter dans la falaise, maintenant.

Revoir une dernière fois l'étrange et beau regard bleu de ma mère, jusqu'à ce que mon corps et la roche du cap se rencontrent et me tuent. Mais je m'abstiendrai. Je suis humble devant la vie : je vais la laisser m'habiter jusqu'à ce qu'elle ne m'habite plus, jusqu'à ce qu'elle me quitte de son plein gré et me laisse voyager seule sans entraves ni souvenir ni émoi. Je vais mourir simplement, en silence et dans très, très longtemps. Qu'il fait froid soudain. Je voudrais que quelqu'un me réchauffe. Qu'on écarte de mon chemin le désarroi et qu'on enserre mes pauvres épaules dans la laine.

« Maman ? »

Avais-je dit d'une voix fluette, dans une autre vie il me semble, là-bas, au bout du fleuve, au bout du chemin où je ne peux plus retourner. « Maman ? » J'avais gratté la porte de mes ongles d'enfant. Cela était doux avec ma mère : tôt le matin, je grattais à sa porte avec mes ongles. Elle se réveillait, je l'entendais descendre de son lit et elle s'agenouillait près de la porte. Elle grattait elle aussi, avec ses ongles. Nous parlions quelques instants, du bout de nos doigts. Puis elle m'ouvrait.

Mais ce jour-là, non, elle ne répondait pas. Et la porte était entrouverte. Je l'avais poussée. Tout de suite, j'avais vu le beau visage de ma mère, clos à jamais, penché mais flottant sur la mer rouge. La baignoire blanche remplie d'eau rouge. Et ma mère, comme une anémone blanche, flottant, régnant sur la mer rouge. J'avais retenu cela, j'ai obstinément voulu retenir cela : le raffinement des anémones et des araignées qui patinent sur l'eau, le raffinement des tout petits bateaux sur la mer immense. Le visage de ma mère était d'une grande finesse quand je l'avais découvert là, en pleine eau. D'une grande tristesse aussi. L'immense beauté du chagrin est quelque chose de très poignant, je trouve.

Il aurait fallu qu'un homme très fort la découvre, et non pas moi, sa fille sans force. Il l'aurait découverte, petite fleur blanche, il l'aurait soulevée dans ses bras, ce que je n'ai pas fait ; il aurait vu le long couteau qu'elle avait de ses mains enfoncé dans son sein sauvage et l'aurait retiré de là, ce que je n'ai pas fait ; il aurait pu pleurer en serrant contre lui les seins de ma mère, ce que je n'ai pas fait. Moi je me suis avancée, silencieuse, et je n'ai pas touché ma mère mais l'ai regardée trop longtemps. Jusqu'à ce que soudain sa tête plonge vers l'eau et ce fut alors comme si ma mère avait eu soif et s'était mise à boire. Je me suis recroquevillée. Je ne voyais plus que le haut de la baignoire, et plus rien de celle qui, dedans, buvait lentement la mer. Puis j'ai vu par terre un morceau de papier bleu ciel. Une petite phrase, c'est tout, écrite en bleu nuit, qui s'est mise à danser d'une danse insolente et vive au fond de moi, sitôt que je l'ai lue. Maintenant, je comprends bien cette phrase. Elle est toute simple. Depuis des années, je la comprends. Mais en pleine enfance, les mots dansaient en moi et autour de moi sans s'épuiser, faute à mon cœur qui ne les comprenait pas. « Ce fut un peu trop triste tout cela, tout cela. » Ce fut un peu trop triste tout cela, tout cela.

Je dis que je comprends, aujourd'hui. Mais cela danse encore, certains grands soirs.

On n'a pas voulu rester et vieillir dans mes alentours enfantins. S'attarder le long de mes jours. Voilà pourquoi je m'attarde, moi, le long du fleuve, le long des passantes, des escaliers et des falaises, le long du grand ciel bleu que j'aime. Je traîne, je passe, je m'attarde. Je vieillis à petits pas. Je sens en moi tourner et s'engranger les saisons. Et il est heureux de sentir ainsi passer le temps. Heureux d'apprendre avec les saisons qu'en dépit de tout l'enfance s'éloigne et que s'en vient la mort. Il est heureux que la vie soit simple, la mienne en tout cas. Ce que j'entends par là, par cette simplicité de ma vie, c'est un grand désert. Rien de trop. Rien que l'essentiel. Dans ma vie, il y a mes os, mon enfance, ma mort, et cette promenade au bord du fleuve que je fais tous les soirs, dès que la neige a fondu et jusqu'à ce qu'elle revienne et me cloître dans ma petite maison. Ma vie est pure, elle ressemble au sel : elle est infiniment précieuse.

Il est l'heure de rentrer. Qu'aillent se perdre au loin les morts, au creux de l'eau, des bois et des châteaux les plus noirs, et que rentrent au bercail les vivants. Mon logis, mon lit, mon coffre et ma fenêtre. Je rentre chez moi. Je quitte le fleuve et retourne à mon escalier.

J'aperçois une petite vieille en haut des marches ; elle s'apprête à descendre. Je la connais un peu : je la croise dans la ville, à l'occasion. Je me suis attachée à elle avec les années. C'est ma sœur en quelque sorte : femme de peu de seins. Et puis, elle sent les vieux ancêtres, la poussière, les vieux tissus avec leurs très vieilles sueurs prises dedans. C'est comme moi. Mon odeur n'est pas aussi forte que la sienne, il va sans dire, mais quand même, certains grands soirs, je sens le vieux passé à plein nez.

La vieille agrippe la rampe à deux mains pour descendre. Elle prend grand soin de ne pas trébucher : elle sait qu'elle ne s'en remettrait pas, que ce serait la fin de son histoire, la fin de ses allées et venues dans la ville. On irait l'enterrer. Un jour, je ne l'aurai plus vue dans la ville depuis longtemps et je me dirai : ça y est, elle est déjà enterrée quelque part, j'ignore où. Et je deviendrai comme elle avec le temps : une vieille femme sans seins, à l'histoire incertaine, au passé indéchiffrable. Je croise ma petite vieille dans les marches, je me colle à l'une des rampes pour lui laisser toute la place. Elle a encore beaucoup de cheveux pour son âge, ce qui est bien, ce qui rend hommage à sa grande vigueur passée.

Quand je serai toute fragile, et que mon pauvre escalier sera devenu pour ma carcasse une rude épreuve, une folle audace, quand aucun homme, aucun, ne m'aura plus désirée depuis longtemps, quand mon enfance et les seins de ma mère appartiendront à une très vieille époque, à un très vieux pays que peu à peu et malgré moi j'oublie, je crois que je verrai le fleuve et la lumière qui l'inonde mieux encore que je ne les vois aujourd'hui. C'est qu'alors j'aurai abandonné mes souvenirs dans l'eau. Abandonné ma mère au fond de l'eau. Et ce geste d'abandon cruel, je ne l'aurai pas accompli cruellement, d'un seul grand coup, oh non, puisque je suis tendre. J'aurai mis toute ma vie à l'accomplir lentement.

Et quand je serai vieille, je sais que j'aurai les yeux ouverts dans mon escalier pour accueillir ma commère la mort. Elle aura mon allure à moi : une longue femme maigre et voûtée aux magnifiques yeux bleus, buveurs de lumière ; une chèvre rabougrie, certes, mais élégante. Elle aimera comme moi les longues promenades solitaires dans la ville et au bord du fleuve. Elle ne sera pas trop bavarde, elle ne me bousculera pas trop non plus. Un jour, je remonterai mon petit escalier pour la dernière fois. Je serai nostalgique. Quel chagrin, quand même, de quitter ma longue vie de promenades silencieuses, et de la quitter sans trop savoir pourquoi il faut que tout s'achève. En haut des marches, sur le banc de bois, je la verrai très bien qui m'attend, ma petite commère la mort.

Remerciements

L'auteure tient à remercier Yvon Rivard, pour ses lectures attentives du manuscrit et ses précieux conseils ; merci également à Marie-Ginette Guay, Marie-Christine Lavallée et Louis-Philippe Lampron.

ACHEVÉ D'IMPRIMER
EN MARS 2006
SUR LES PRESSES DE MARQUIS IMPRIMEUR INC.
MONTMAGNY, CANADA